白石詩全集

李 東 洵 編

창비

차   례

제 1 부 사 슴

제 2 부　咸州詩抄

제3부　北方에서

附　散　文

일러두기

1. 이 전집은 1936년 선광인쇄주식회사에서 발행한 시집 『사슴』과 당시의 신문·잡지 들에 실린 시작품을 원본으로 하였다.
2. 시의 배열은 발표연대를 따라 『사슴』을 중심으로 1부를 엮고, 이후 작품들을 2, 3부로 나누어 엮었다.
3. 표기는 백석시의 특수성을 감안하여 방언이나 속어, 어감이 달라진 말은 원문대로 살리고 일부 낱말과 띄어쓰기만 현대표기로 고쳤다. (예 : 힌→흰, 갓후어→갖추어)
4. 부록으로 산문을 싣고 작가·작품 연보, 참고문헌, 상세한 낱말 풀이를 수록하였다.

제 1 부
사 슴

定 州 城

山턱 원두막은 뷔었나 불빛이 외롭다
헌겊심지에 아즈까리 기름의 쪼는 소리가 들리는 듯하다

잠자리 조을든 문허진 城터
반딧불이 난다 파란 魂들 같다
어데서 말 있는 듯이 크다란 山새 한 마리 어두운 골짜기로 난다

헐리다 남은 城門이
한울빛같이 훤하다
날이 밝으면 또 메기수염의 늙은이가 청배를 팔러 올 것이다

山　　地

갈부던 같은 藥水터의 山거리
旅人宿이 다래나무지팽이와 같이 많다

시냇물이 버러지 소리를 하며 흐르고
대낮이라도 山옆에서는
승냥이가 개울물 흐르듯 운다

소와 말은 도로 山으로 돌아갔다
염소만이 아직 된비가 오면 山개울에 놓인 다리를 건너 人家 근처
　로 뛰여온다

벼랑탁의 어두운 그늘에 아츰이면
부헝이가 무거웁게 날러온다
낮이 되면 더 무거웁게 날러가 버린다

山너머 十五里서 나무뒝치 차고 싸리신 신고 山비에 촉촉이 젖어
　서 藥물을 받으려 오는 山아이도 있다

아비가 앓는가부다
다래 먹고 앓는가부다

아랫마을에서는 애기무당이 작두를 타며 굿을 하는 때가 많다

酒　　幕

호박잎에 싸오는 붕어곰은 언제나 맛있었다

부엌에는 빨갛게 질들은 八모알상이 그 상 우엔 새파란 싸리를
　그린 눈알만한 盞이 뵈였다

아들아이는 범이라고 장고기를 잘 잡는 앞니가 뻐드러진 나와 동
　갑이었다

울파주 밖에는 장군들을 따러와서 엄지의 젖을 빠는 망아지도 있
　었다

비

아카시아들이 언제 흰 두레방석을 깔었나
어데서 물쿤 개비린내가 온다

나와 지렁이

내 지렁이는
커서 구렁이가 되었읍니다
천년 동안만 밤마다 흙에 물을 주면 그 흙이 지렁이가 되었읍니
  다
장마지면 비와 같이 하늘에서 나려왔읍니다
뒤에 붕어와 농다리의 미끼가 되었읍니다
내 리과책에서는 암컷과 수컷이 있어서 새끼를 낳었읍니다
지렁이의 눈이 보고 싶읍니다
지렁이의 밥과 집이 부럽습니다

여우난골族

명절날 나는 엄매아배 따라 우리집 개는 나를 따라 진할머니 진할
아버지가 있는 큰집으로 가면

얼굴에 별자국이 솜솜 난 말수와 같이 눈도 껌벅거리는 하로에 베
한 필을 짠다는 벌 하나 건너 집엔 복숭아나무가 많은 新里 고무
고무의 딸 李女 작은李女
열여섯에 四十이 넘은 홀아비의 후처가 된 포족족하니 성이 잘 나
는 살빛이 매감탕 같은 입술과 젖꼭지는 더 까만 예수쟁이 마을
가까이 사는 土山 고무 고무의 딸 承女 아들 承동이
六十里라고 해서 파랗게 뵈이는 山을 넘어 있다는 해변에서 과부
가 된 코끝이 빨간 언제나 흰옷이 정하든 말끝에 설게 눈물을
짤 때가 많은 큰골 고무 고무의 딸 洪女 아들 洪동이 작은洪
동이
배나무접을 잘하는 주정을 하면 토방돌을 뽑는 오리치를 잘 놓는
먼섬에 반디젓 담그려 가기를 좋아하는 삼춘 삼춘엄매 사춘누이
사춘동생들

이 그득히들 할머니 할아버지가 있는 안간에들 모여서 방안에서는
새옷의 내음새가 나고
또 인절미 송구떡 콩가루차떡의 내음새도 나고 끼때의 두부와 콩
나물과 뽂은 잔디와 고사리와 도야지비계는 모두 선득선득하니

찬 것들이다

저녁술을 놓은 아이들은 외양간섶 밭마당에 달린 배나무동산에서
쥐잡이를 하고 숨굴막질을 하고 꼬리잡이를 하고 가마 타고 시
집가는 놀음 말 타고 장가가는 놀음을 하고 이렇게 밤이 어둡도
록 북적하니 논다

밤이 깊어가는 집안엔 엄매는 엄매들끼리 아르간에서들 웃고 이야
기하고 아이들은 아이들끼리 웃간 한 방을 잡고 조아질하고 쌈방
이 굴리고 바리깨돌림하고 호박떼기하고 제비손이구손이하고 이
렇게 화디의 사기방등에 심지를 멫번이나 돋구고 흥게닭이 멫
번이나 울어서 졸음이 오면 아릇목싸움 자리싸움을 하며 히드
득거리다 잠이 든다 그래서는 문창에 텅납새의 그림자가 치는
아츰 시누이 동세들이 욱적하니 흥성거리는 부엌으론 샛문틈으로
장지문틈으로 무이징게국을 끓이는 맛있는 내음새가 올라오도
록 잔다

統　營

넷날엔 統制使가 있었다는 낡은 港口의 처녀들에겐 넷날이 가지 않
　은 千姬라는 이름이 많다

미역오리같이 말라서 굴껍지처럼 말없이 사랑하다 죽는다는

이 千姬의 하나를 나는 어늬 오랜 客主집의 생선가시가 있는 마루
　방에서 만났다

저문 六月의 바닷가에선 조개도 울을 저녁 소라방등이 불그레한
　마당에 김냄새 나는 비가 나렸다

흰   밤

녯城의 돌담에 달이 올랐다
묵은 초가지붕에 박이
또 하나 달같이 하이얗게 빛난다
언젠가 마을에서 수절과부 하나가 목을 매여 죽은 밤도 이러한 밤
　이었다

古　夜

아배는 타관 가서 오지 않고 山비탈 외따른 집에 엄매와 나와 단둘
이서 누가 죽이는 듯이 무서운 밤 집뒤로는 어늬 山골짜기에서
소를 잡어먹는 노나리꾼들이 도적놈들같이 쿵쿵거리며 다닌다

날기멍석을 져간다는 닭보는 할미를 차 굴린다는 땅아래 고래 같은
기와집에는 언제나 니차떡에 청밀에 은금보화가 그득하다는 외
발 가진 조마구 뒷山 어늬메도 조마구네 나라가 있어서 오줌
누러 깨는 재밤 머리맡의 문살에 대인 유리창으로 조마구 군병
의 새까만 대가리 새까만 눈알이 들여다보는 때 나는 이불속에
자즈러붙어 숨도 쉬지 못한다

또 이러한 밤 같은 때 시집갈 처녀 막내고무가 고개너머 큰집으로
치장감을 가지고 와서 엄매와 둘이 소기름에 쌍심지의 불을 밝
히고 밤이 들도록 바느질을 하는 밤 같은 때 나는 아릇목의 삿
귀를 들고 쇠든밤을 내여 다람쥐처럼 밝어먹고 은행여름을 인두
불에 구어도 먹고 그러다는 이불 우에서 광대넘이를 뒤이고 또
누어 굴면서 엄매에게 웃목에 두른 병풍의 새빨간 천두의 이야
기를 듣기도 하고 고무더러는 밝는 날 멀리는 못 난다는 뫼추라
기를 잡어달라고 조르기도 하고

내일같이 명절날인 밤은 부엌에 쩨듯하니 불이 밝고 솥뚜껑이 놀

으며 구수한 내음새 곰국이 무르끓고 **방안에서는** 일가집 할머니
가 와서 마을의 소문을 퍼며 조개송편에 달송편에 죈두기송편에
떡을 빚는 곁에서 나는 밤소 팥소 설탕 든 콩가루소를 먹으며 설
탕 든 콩가루소가 가장 맛있다고 생각한다
나는 얼마나 반죽을 주무르며 흰가루손이 되여 떡을 빚고 싶은지
모른다

섣달에 넵일날이 들어서 넵일날 밤에 눈이 오면 이 밤엔 쌔하얀 할
미귀신의 눈귀신도 넵일눈을 받노라 못 난다는 말을 든든히 녀기
며 엄매와 나는 앙궁 우에 떡돌 우에 곱새담 우에 함지에 버치며
대냥푼을 놓고 치성이나 드리듯이 정한 마음으로 넵일눈 약눈을
받는다
이 눈세기물을 넵일물이라고 제주병에 진상항아리에 채워두고는
해를 묵여가며 고뿔이 와도 배앓이를 해도 갑피기를 앓어도 먹을
물이다

가즈랑집

승냥이가 새끼를 치는 전에는 쇠메 든 도적이 났다는 가즈랑고개

가즈랑집은 고개 밑의
山너머 마을서 도야지를 잃는 밤 즘생을 쫓는 깽제미 소리가 무서웁게 들려오는 집
닭 개 즘생을 못 놓는
멧도야지와 이웃사촌을 지나는 집

예순이 넘은 아들 없는 가즈랑집 할머니는 중같이 정해서 할머니가 마을을 가면 긴 담뱃대에 독하다는 막써레기를 멫대라도 붙이라고 하며

간밤엔 섬돌 아래 승냥이가 왔었다는 이야기
어느메 山골에선간 곰이 아이를 본다는 이야기

나는 돌나물김치에 백설기를 먹으며
녯말의 구신집에 있는 듯이
가즈랑집 할머니
내가 날 때 죽은 누이도 날 때
무명필에 이름을 써서 백지 달어서 구신간시렁의 당즈깨에 넣어 대감님께 수영을 들였다는 가즈랑집 할머니

언제나 병을 앓을 때면
신장님 단련이라고 하는 가즈랑집 할머니
구신의 딸이라고 생각하면 슬퍼졌다

토끼도 살이 오른다는 때 아르대즘퍼리에서 제비꼬리 마타리 쇠조
  지 가지취 고비 고사리 두릅순 회순 山나물을 하는 가즈랑집 할
  머니를 따르며
나는 벌써 달디단 물구지우림 둥굴레우림을 생각하고
아직 멀은 도토리묵 도토리범벅까지도 그리워한다

뒤울안 살구나무 아래서 광살구를 찾다가
살구벼락을 맞고 울다가 웃는 나를 보고
밑구멍에 털이 멫자나 났나 보자고 한 것은 가즈랑집 할머니다
찰복숭아를 먹다가 씨를 삼키고는 죽는 것만 같어 하로종일 놀지
  도 못하고 밥도 안 먹은 것도
가즈랑집에 마을을 가서
당세 먹은 강아지같이 좋아라고 집오래를 설레다가였다

고   방

낡은 질동이에는 갈 줄 모르는 늙은 집난이같이 송구떡이 오래도
록 남어 있었다

오지항아리에는 삼춘이 밥보다 좋아하는 찹쌀탁주가 있어서
삼춘의 임내를 내어가며 나와 사춘은 시큼털털한 술을 잘도 채어
먹었다

제삿날이면 귀머거리 할아버지 가에서 왕밤을 밝고 싸리꼬치에 두
부산적을 께었다

손자아이들이 파리떼같이 모이면 곰의 발 같은 손을 언제나 내어
둘렀다

구석의 나무말쿠지에 할아버지가 삼는 소신 같은 짚신이 둑둑이
걸리어도 있었다

넷말이 사는 컴컴한 고방의 쌀독 뒤에서 나는 저녁 끼때에 부르는
소리를 듣고도 못 들은 척하였다

모 닥 불

새끼오리도 헌신짝도 소똥도 갓신창도 개니빠디도 너울쪽도 짚검
불도 가락잎도 머리카락도 헌겊조각도 막대꼬치도 기와장도 닭
의짖도 개터럭도 타는 모닥불

재당도 초시도 門長늙은이도 더부살이 아이도 새사위도 갓사둔도
나그네도 주인도 할아버지도 손자도 붓장사도 땜쟁이도 큰개도
강아지도 모두 모닥불을 쪼인다

모닥불은 어려서 우리 할아버지가 어미아비 없는 서러운 아이로
불상하니도 몽둥발이가 된 슬픈 역사가 있다

오리 망아지 토끼

오리치를 놓으려 아배는 논으로 나려간 지 오래다
오리는 동비탈에 그림자를 떨어트리며 날어가고 나는 동말랭이에
　서 강아지처럼 아배를 부르며 울다가
시악이 나서는 등뒤 개울물에 아배의 신짝과 버선목과 대님오리를
　모다 던져버린다

장날 아츰에 앞 행길로 엄지 따러 지나가는 망아지를 내라고 나는
　조르면
아배는 행길을 향해서 크다란 소리로
　——매지야 오나라
　——매지야 오나라

새하려 가는 아배의 지게에 지워 나는 山으로 가며 토끼를 잡으리
　라고 생각한다
맞구멍난 토끼굴을 아배와 내가 막어서면 언제나 토끼새끼는 내
　다리 아래로 달어났다
나는 서글퍼서 서글퍼서 울상을 한다

初 冬 日

흙담벽에 볕이 따사하니
아이들은 물코를 흘리며 무감자를 먹었다

돌덜구에 天上水가 차게
복숭아낡에 시라리타래가 말러갔다

夏 畓

짝새가 발뿌리에서 닐은 논드렁에서 아이들은 개구리의 뒷다리를
구어먹었다

게구멍을 쑤시다 물쿤하고 배암을 잡은 눞의 피 같은 물이끼에 햇
볕이 따그웠다

돌다리에 앉어 날버들치를 먹고 몸을 말리는 아이들은 물총새가
되었다

寂　　境

신살구를 잘도 먹드니 눈오는 아츰
나어린 안해는 첫아들을 낳었다

人家 멀은 山중에
까치는 배나무에서 즞는다

컴컴한 부엌에서는 늙은 홀아비의 시아부지가 미역국을 끓인다
그 마을의 외따른 집에서도 산국을 끓인다

未明界

자즌닭이 울어서 술국을 끓이는 듯한 鰍湯집의 부엌은 뜨수할 것
　같이 불이 뿌연히 밝다

초롱이 히근하니 물지게군이 우물로 가며
별 사이에 바라보는 그믐달은 눈물이 어리었다

행길에는 선장 대여가는 장꾼들의 종이燈에 나귀눈이 빛났다
어데서 서러웁게 木鐸을 뚜드리는 집이 있다

城　　外

어두어오는 城門밖의 거리
도야지를 몰고 가는 사람이 있다

엿방 앞에 엿궤가 없다

양철통을 쩔렁거리며 달구지는 거리끝에서 江原道로 간다는 길로
　든다

술집 문창에 그느슥한 그림자는 머리를 얹혔다

秋日山朝

아츰별에 섶구슬이 한가로히 익는 골짝에서 꿩은 울어 山울림과
　장난을 한다

山마루를 탄 사람들은 새꾼들인가
파란 한울에 떨어질 것같이
웃음소리가 더려 山밑까지 들린다

巡禮중이 山을 올라간다
어젯밤은 이 山 절에 齋가 들었다

무리돌이 굴어나리는 건 중의 발꿈치에선가

曠　原

흙꽃 니는 이른 봄의 무연한 벌을
輕便鐵道가 노새의 맘을 먹고 지나간다

멀리 바다가 뵈이는
假停車場도 없는 벌판에서
車는 머물고
젊은 새악시 둘이 나린다

靑　柿

별 많은 밤
하누바람이 불어서
푸른 감이 떨어진다 개가 즞는다

山　비

山뽕잎에 빗방울이 친다
멧비둘기가 닒다
나무등걸에서 자벌기가 고개를 들었다 멧비둘기켠을 본다

쓸쓸한 길

거적장사 하나 山뒷옆 비탈을 오른다
아— 따르는 사람도 없이 쓸쓸한 쓸쓸한 길이다
山가마귀만 울며 날고
도적갠가 개 하나 어정어정 따러간다
이스라치전이 드나 머루전이 드나
수리취 땅버들의 하이얀 복이 서러웁다
뚜물같이 흐린 날 東風이 설렌다

柘　榴

南方土 풀 안 돋은 양지귀가 본이다
햇비 멎은 저녁의 노을 먹고 삺다

太古에 나서
仙人圖가 꿈이다
高山淨土에 山藥 캐다 오다

달빛은 異鄕
눈은 정기 속에 어우러진 싸움

머 루 밤

불을 끈 방안에 횃대의 하이얀 옷이 멀리 추울 것같이

개方位로 말방울 소리가 들려온다

門을 옆다 머루빛 밤한울에
송이버슷의 내음새가 났다

女　僧

女僧은 合掌하고 절을 했다
가지취의 내음새가 났다
쓸쓸한 낯이 넷날같이 늙었다
나는 佛經처럼 서러워졌다

平安道의 어늬 山 깊은 금덤판
나는 파리한 女人에게서 옥수수를 샀다
女人은 나어린 딸아이를 따리며 가을밤같이 차게 울었다

섶벌같이 나아간 지아비 기다려 十年이 갔다
지아비는 돌아오지 않고
어린 딸은 도라지꽃이 좋아 돌무덤으로 갔다

山꿩도 설게 울은 슬픈 날이 있었다
山절의 마당귀에 女人의 머리오리가 눈물방울과 같이 떨어진 날이
　있었다

修　羅

거미새끼 하나 방바닥에 나린 것을 나는 아모 생각 없이 문밖으로
　쓸어버린다
차디찬 밤이다

어니젠가 새끼거미 쓸려나간 곳에 큰거미가 왔다
나는 가슴이 짜릿한다
나는 또 큰거미를 쓸어 문밖으로 버리며
찬 밖이라도 새끼 있는 데로 가라고 하며 서러워한다

이렇게 해서 아린 가슴이 싹기도 전이다
어데서 좁쌀알만한 알에서 가제 깨인 듯한 발이 채 서지도 못한
　무척 적은 새끼거미가 이번엔 큰거미 없어진 곳으로 와서 아물
　거린다
나는 가슴이 메이는 듯하다
내 손에 오르기라도 하라고 나는 손을 내어미나 분명히 울고불고
　할 이 작은 것은 나를 무서우이 달어나버리며 나를 서럽게 한다
나는 이 작은 것을 고히 보드러운 종이에 받어 또 문밖으로 버리
　며
이것의 엄마와 누나나 형이 가까이 이것의 걱정을 하며 있다가 쉬
　이 만나기나 했으면 좋으련만 하고 슬퍼한다

노　　루

山골에서는 집터를 츠고 달궤를 닦고
보름달 아래서 노루고기를 먹었다

절간의 소 이야기

병이 들면 풀밭으로 가서 풀을 뜯는 소는 人間보다 靈해서 열 걸음 안에 제 병을 낫게 할 藥이 있는 줄을 안다고

首陽山의 어늬 오래된 절에서 七十이 넘은 로장은 이런 이야기를 하며 치마자락의 山나물을 추었다

오금덩이라는 곳

어스름저녁 국수당 돌각담의 수무나무가지에 녀귀의 탱을 걸고 나
　물매 갖추어놓고 비난수를 하는 젊은 새악시들
──잘 먹고 가라 서리서리 물러가라 네 소원 풀었으니 다시 침
　노 말아라

벌개눞녘에서 바리깨를 뚜드리는 쇳소리가 나면
누가 눈을 앓어서 부증이 나서 찰거마리를 부르는 것이다
마을에서는 피성한 눈슭에 저린 팔다리에 거마리를 붙인다

여우가 우는 밤이면
잠없는 노친네들은 일어나 팥을 깔이며 방뇨를 한다
여우가 주둥이를 향하고 우는 집에서는 다음날 으례히 흉사가 있다
　는 것은 얼마나 무서운 말인가

柿崎의 바다

저녁밥때 비가 들어서
바다엔 배와 사람이 홍성하다

참대창에 바다보다 푸른 고기가 께우며 섭돌에 곱조개가 붙는 집
의 복도에서는 배창에 고기 떨어지는 소리가 들렸다

이슥하니 물기에 누굿이 젖은 왕구세자리에서 저녁상을 받은 가슴
앓는 사람은 참치회를 먹지 못하고 눈물겨웠다

어득한 기슭의 행길에 얼굴이 해쓱한 처녀가 새벽달같이
아 아즈내인데 病人은 미역 냄새 나는 덧문을 닫고 버러지같이 누
었다

彰義門外

무이밭에 흰나뷔 나는 집 밤나무 머루넝쿨 속에 키질하는 소리만
  이 들린다
우물가에서 까치가 자꾸 짖거니 하면
붉은 수탉이 높이 샛더미 우로 올랐다
텃밭가 在來種의 林檎남에는 이제도 콩알만한 푸른 알이 달렸고
  히스무레한 꽃도 하나둘 뛰여 있다

  돌담 기슭에 오지항아리 독이 빛난다

旌 門 村

주홍칠이 낡은 旌門이 하나 마을 어구에 있었다

'孝子盧迪之之旌門'——몬지가 겹겹이 앉은 木刻의 額에
나는 열 살이 넘도록 갈지字 둘을 웃었다

아카시아꽃의 향기가 가득하니 꿀벌들이 많이 날어드는 아츰
구신은 없고 부헝이가 담벽을 띠쫗고 죽었다

기왓골에 배암이 푸르스름히 빛난 달밤이 있었다
아이들은 쪽재피같이 먼길을 돌았다

旌門집 가난이는 열다섯에
늙은 말꾼한테 시집을 갔겄다

여우난골

박을 삶는 집
할아버지와 손자가 오른 지붕 우에 한울빛이 진초록이다
우물의 물이 쓸 것만 같다

마을에서는 삼굿을 하는 날
건넌마을서 사람이 물에 빠져 죽었다는 소문이 왔다

노란 싸릿잎이 한불 깔린 토방에 햇츩방석을 깔고
나는 호박떡을 맛있게도 먹었다

어치라는 山새는 벌배 먹어 고흡다는 골에서 돌배 먹고 알픈 배를
  아이들은 열배 먹고 나었다고 하였다

三 防

갈부던 같은 藥水터의 山거리엔 나무그릇과 다래나무지팽이가 많
다

山너머 十五里서 나무뼹치 차고 싸리신 신고 山비에 촉촉이 젖어
서 藥물을 받으려 오는 두멧 아이들도 있다

아랫마을에서는 애기무당이 작두를 타며 굿을 하는 때가 많다

제 2 부

咸州詩抄

統營

舊馬山의 선창에선 좋아하는 사람이 울며 나리는 배에 올라서 오
 는 물길이 반날
갓 나는 고당은 갓갓기도 하다

바람 맛도 짭짤한 물맛도 짭짤한

전복에 해삼에 도미 가재미의 생선이 좋고
파래에 아개미에 호루기의 젓갈이 좋고

새벽녘의 거리엔 쾅쾅 북이 울고
밤새껏 바다에선 뿡뿡 배가 울고

자다가도 일어나 바다로 가고 싶은 곳이다

집집이 아이만한 피도 안 간 대구를 말리는 곳
황화장사 령감이 일본말을 잘도 하는 곳
처녀들은 모두 漁場主한테 시집을 가고 싶어한다는 곳
山너머로 가는 길 돌각담에 갸웃하는 처녀는 錦이라든 이 같고
내가 들은 馬山 客主집의 어린 딸은 蘭이라는 이 같고

蘭이라는 이는 明井골에 산다든데

明井골은 山을 넘어 柊栢나무 푸르른 甘露 같은 물이 솟는 明井샘
  이 있는 마을인데
샘터엔 오구작작 물을 긷는 처녀며 새악시들 가운데 내가 좋아하
  는 그이가 있을 것만 같고
내가 좋아하는 그이는 푸른 가지 붉게붉게 柊栢꽃 피는 철엔 타
  관 시집을 갈 것만 같은데
긴 토시 끼고 큰머리 얹고 오불고불 넘엣거리로 가는 女人은 平安
  道서 오신 듯한데 柊栢꽃 피는 철이 그 언제요

넷 장수 모신 낡은 사당의 돌층계에 주저앉어서 나는 이 저녁 울
  듯 울 듯 閑山島 바다에 뱃사공이 되여가며
녕 낮은 집 담 낮은 집 마당만 높은 집에서 열나흘 달을 업고 손방
  아만 찧는 내 사람을 생각한다

오 리

오리야 네가 좋은 淸明 밑께 밤은
옆에서 누가 뺨을 쳐도 모르게 어둡다누나
오리야 이때는 따디기가 되여 어둡단다

아무리 밤이 좋은들 오리야
해변벌에선 얼마나 너이들이 욱자지껄하며 먹이기에
해변땅에 나들이 갔든 할머니는
오리새끼들은 장물이나 하듯이 떠들썩하니 시끄럽기도 하드란 숭
　　인가

그래도 오리야 호젓한 밤길을 가다
가까운 논배미들에서
까알까알 하는 너이들의 즐거운 말소리가 나면
나는 내 마을 그 아는 사람들의 지껄지껄하는 말소리같이 반가웁
　　고나
오리야 너이들의 이야기판에 나도 들어
밤을 같이 밝히고 싶고나

오리야 나는 네가 좋구나 네가 좋아서
벌논의 눞 옆에 쭈구렁벼알 달린 짚검불을 널어놓고
닭이짖 올코에 새끼달은치를 묻어놓고

동둑넘에 숨어서
하로진일 너를 기다린다

오리야 고흔 오리야 가만히 안겼거라
너를 팔어 술을 먹는 盧장에 령감은
홀아비 소의연 침을 놓는 령감인데
나는 너를 백통전 하나 주고 사오누나

나를 생각하든 그 무당의 딸은 내 어린 누이에게
오리야 너를 한쌍 주드니
어린 누이는 없고 저는 시집을 갔다건만
오리야 너는 한쌍이 날어가누나

연 자 간

달빛도 거지도 도적개도 모다 즐겁다
풍구재도 얼럭소도 쇠드랑볕도 모다 즐겁다

도적팽이 새끼락이 나고
살진 쪽제비 트는 기지개 길고

홰낭닭은 알을 낳고 소리치고
강아지는 겨를 먹고 오줌 싸고

개들은 게모이고 쌈지거리하고
놓여난 도야지 둥구재벼 오고

송아지 잘도 놀고
까치 보해 짖고

신영길 말이 울고 가고
장돌림 당나귀도 울고 가고

대들보 우에 베틀도 채일도 토리개도 모도들 편안하니
구석 구석 후치도 보십도 소시랑도 모도들 편안하니

黄　日

한 十里 더 가면 절간이 있을 듯한 마을이다 낮 기울은 볕이 장글
장글하니 따사하다 흙은 젖이 커서 살같이 깨서 아지랑이 낀 속
이 안타까운가보다 뒤울안에 복사꽃 핀 집엔 아무도 없나보다
뷔인 집에 꿩이 날어와 다니나보다 울밖 늙은 들매낡에 튀튀새
한불 앉었다 흰구름 따러가며 딱장벌레 잡다가 연두빛 닢새가
좋아 올라왔나보다 밭머리에도 복사꽃 피였다 새악시도 피였다
새악시 복사꽃이다 복사꽃 새악시다 어데서 송아지 매―하고 운
다 골갯논드렁에서 미나리 밟고 서서 운다 복사나무 아래 가 흙
장난하며 놀지 왜 우노 자개밭둑에 엄지 어데 안 가고 누었다
아릇동리선가 말 웃는 소리 무서운가 아릇동리 망아지 네 소리
무서울라 담모도리 바윗잔등에 다람쥐 해바라기하다 조은다 토
끼잠 한잠 자고 나서 세수한다 흰구름 건넌산으로 가는 길에 복
사꽃 바라노라 섰다 다람쥐 건넌산 보고 부르는 푸념이 간지럽
다

　저기는 그늘 그늘 여기는 챙챙――
　저기는 그늘 그늘 여기는 챙챙――

湯　藥

눈이 오는데
토방에서는 질화로 우에 곱돌탕관에 약이 끓는다
삼에 숙변에 목단에 백복령에 산약에 택사의 몸을 보한다는 六味
　湯이다
약탕관에서는 김이 오르며 달큼한 구수한 향기로운 내음새가 나고
약이 끓는 소리는 삐삐 즐거웁기도 하다

그리고 다 달인 약을 하이얀 약사발에 밭어놓은 것은
아득하니 깜하야 萬年넷적이 들은 듯한데
나는 두 손으로 고히 약그릇을 들고 이 약을 내인 넷사람들을 생
　각하노라면
내 마음은 끝없이 고요하고 또 맑어진다

伊豆國湊街道

넷적본의 휘장마차에
어느메 촌중의 새 새악시와도 함께 타고
먼 바닷가의 거리로 간다는데
금귤이 눌한 마을마을을 지나가며
싱싱한 금귤을 먹는 것은 얼마나 즐거운 일인가

昌 原 道
南行詩抄 1

솔포기에 숨었다
토끼나 꿩을 놀래주고 싶은 山허리의 길은

옆데서 따스하니 손 녹히고 싶은 길이다

개 더리고 호이호이 회파람 불며
시름 놓고 가고 싶은 길이다

괴나리봇짐 벗고 땃불 놓고 앉어
담배 한대 피우고 싶은 길이다

승냥이 줄레줄레 달고 가며
덕신덕신 이야기하고 싶은 길이다

더꺼머리총각은 정든 님 업고 오고 싶은 길이다

統　營
南行詩抄 2

統營장 낫대들었다

갓 한닢 쓰고 건시 한접 사고 홍공단단기 한감 끊고 술 한병 받어
들고

화륜선 만져보려 선창 갔다

오다 가수내 들어가는 주막 앞에
문둥이 품바타령 듣다가

열이레 달이 올라서
나룻배 타고 판데목 지나간다 간다

固城街道

南行詩抄 3

固城장 가는 길
해는 둥둥 높고

개 하나 얼린하지 않는 마을은
해밝은 마당귀에 맷방석 하나
빨갛고 노랗고
눈이 시울은 곱기도 한 건반밥
아 진달래 개나리 한참 퓌었구나

가까이 잔치가 있어서
곱디고흔 건반밥을 말리우는 마을은
얼마나 즐거운 마을인가

어쩐지 당홍치마 노란저고리 입은 새악시들이
웃고 살을 것만 같은 마을이다

三 千 浦
南行詩抄 4

졸레졸레 도야지새끼들이 간다
귀밑이 재릿재릿하니 볕이 담북 따사로운 거리다

갯더미에 까치 오르고 아이 오르고 아지랑이 오르고

해바라기 하기 좋을 벗곡간 마당에
볏짚같이 누우란 사람들이 물러서서
어늬 눈오신 날 눈을 츠고 생긴 듯한 말다툼소리도 누우라니

소는 기르매 지고 조은다

아 모도들 따사로히 가난하니

咸州詩抄

北　關

明太창난젓에 고추무거리에 막칼질한 무이를 뷔벼 익힌 것을
이 투박한 北關을 한없이 끼밀고 있노라면
쓸쓸하니 무릎은 곯어진다

시큼한 배척한 퀴퀴한 이 내음새 속에
나는 가느슥히 女眞의 살내음새를 맡는다

얼근한 비릿한 구릿한 이 맛 속에선
까마득히 新羅백성의 鄕愁도 맛본다

노　　루

長津땅이 지붕넘에 넘석하는 거리다
자구나무 같은 것도 있다
기장감주에 기장차떡이 흔한데다
이 거리에 산골사람이 노루새끼를 다리고 왔다
산골사람은 막베등거리 막베잠방등에를 입고
노루새끼를 닮었다

노루새끼 등을 쓸며
터앞에 당콩순을 다 먹었다 하고
서른닷냥 값을 부른다
노루새끼는 다문다문 흰점이 백이고 배안의 털을 너슬너슬 벗고
산골사람을 닮었다

산골사람의 손을 핥으며
약자에 쓴다는 흥정소리를 듣는 듯이
새까만 눈에 하이얀 것이 가랑가랑한다

古　　寺

부뚜막이 두 길이다
이 부뚜막에 놓인 사닥다리로 자박수염난 공양주는 성궁미를 지고
　오른다

한말 밥을 한다는 크나큰 솥이
외면하고 가부틀고 앉어서 염주도 세일 만하다

화라지송침이 단채로 들어간다는 아궁지

이 험상궂은 아궁지도 조앙님은 무서운가보다

농마루며 바람벽은 모두들 그느슥히
흰밥과 두부와 튀각과 자반을 생각나 하고

하펼도 남즉하니 불기와 유종들이
묵묵히 팔짱끼고 쭈구리고 앉었다

재 안 드는 밤은 불도 없이 캄캄한 까막나라에서
조앙님은 무서운 이야기나 하면
모두들 죽은 듯이 엎데였다 잠이 들 것이다

膳 友 辭

낡은 나조반에 흰밥도 가재미도 나도 나와 앉어서
쓸쓸한 저녁을 맞는다

흰밥과 가재미와 나는
우리들은 그 무슨 이야기라도 다 할 것 같다
우리들은 서로 미덥고 정답고 그리고 서로 좋구나

우리들은 맑은 물밑 해정한 모래톱에서 하구 긴 날을 모래알만 혜
　이며 잔뼈가 굵은 탓이다
바람 좋은 한벌판에서 물닭이 소리를 들으며 단이슬 먹고 나이 들
　은 탓이다
외따른 산골에서 소리개소리 배우며 다람쥐 동무하고 자라난 탓이
　다

우리들은 모두 욕심이 없어 희여졌다
착하디 착해서 세괏은 가시 하나 손아귀 하나 없다
너무나 정갈해서 이렇게 파리했다

우리들은 가난해도 서럽지 않다
우리들은 외로워할 까닭도 없다
그리고 누구 하나 부럽지도 않다

흰밥과 가재미와 나는
우리들이 같이 있으면
세상 같은 건 밖에 나도 좋을 것 같다

山　谷

돌각담에 머루송이 깜하니 익고
자갈밭에 아즈까리알이 쏟아지는
잠풍하니 볕바른 골짝이다
나는 이 골짝에서 한겨울을 날려고 집을 한채 구하였다
집이 몇집 되지 않는 골안은
모두 터앞에 김장감이 퍼지고
드락에 잡곡낟가리가 쌓여서
어니 세월에 뷔일 듯한 집은 뵈이지 않었다
나는 자꼬 골안으로 깊이 들어갔다

골이 다한 산대 밑에 자그마한 돌능와집이 한채 있어서
이 집 남길동 닲 안주인은 겨울이면 집을 내고
산을 돌아 거리로 나려간다는 말을 하는데
해바른 마당에는 꿀벌이 스무나문 통 있었다

낮 기울은 날을 햇볕 장글장글한 툇마루에 걸어앉어서
지난 여름 도락구를 타고 長津땅에 가서 꿀을 치고 돌아왔다는 이
　벌들을 바라보며 나는
날이 어서 추워져서 쑥국화꽃도 시들고

이 바즈런한 백성들도 다 제 집으로 들은 뒤에
이 골안으로 올 것을 생각하였다

바   다

바닷가에 왔드니
바다와 같이 당신이 생각만 나는구려
바다와 같이 당신을 사랑하고만 싶구려

구붓하고 모래톱을 오르면
당신이 앞선 것만 같구려
당신이 뒤선 것만 같구려

그리고 지중지중 물가를 거닐면
당신이 이야기를 하는 것만 같구려
당신이 이야기를 끊은 것만 같구려

바닷가는
개지꽃에 개지 아니 나오고
고기비눌에 하이얀 햇볕만 쇠리쇠리하야
어쩐지 쓸쓸만 하구려 섧기만 하구려

秋夜一景

닭이 두 홰나 울었는데
안방 큰방은 홰줏하니 당둥을 하고
인간들은 모두 웅성웅성 깨여 있어서들
오가리며 석박디를 썰고
생강에 파에 청각에 마눌을 다지고

시래기를 삶는 훈훈한 방안에는
양념 내음새가 싱싱도 하다

밖에는 어데서 물새가 우는데
토방에선 햇콩두부가 고요히 숨이 들어갔다

山 中 吟

山　宿

旅人宿이라도 국수집이다
모밀가루포대가 그득하니 쌓인 웃간은 들믄들믄 더웁기도 하다
나는 낡은 국수분틀과 그즈런히 나가 누어서
구석에 데굴데굴하는 木枕들을 베여보며
이 山골에 들어와서 이 木枕들에 새까마니 때를 올리고 간 사람들
　을 생각한다
그 사람들의 얼골과 生業과 마음들을 생각해본다

饗　樂

초생달이 귀신불같이 무서운 山골거리에선
처마끝에 종이등의 불을 밝히고
쩌락쩌락 떡을 친다
감자떡이다
이젠 캄캄한 밤과 개울물 소리만이다

夜 半

토방에 승냥이 같은 강아지가 앉은 집
부엌으론 무럭무럭 하이얀 김이 난다
자정도 훨씬 지났는데
닭을 잡고 모밀국수를 누른다고 한다
어늬 山옆에선 캥캥 여우가 운다

白 樺

산골집은 대들보도 기둥도 문살도 자작나무다
밤이면 캥캥 여우가 우는 山도 자작나무다
그 맛있는 모밀국수를 삶는 장작도 자작나무다
그리고 甘露같이 단샘이 솟는 박우물도 자작나무다
山너머는 平安道땅도 뵈인다는 이 山골은 온통 자작나무다

나와 나타샤와 흰당나귀

가난한 내가
아름다운 나타샤를 사랑해서
오늘밤은 푹푹 눈이 나린다

나타샤를 사랑은 하고
눈은 푹푹 날리고
나는 혼자 쓸쓸히 앉어 燒酒를 마신다
燒酒를 마시며 생각한다
나타샤와 나는
눈이 푹푹 쌓이는 밤 흰당나귀 타고
산골로 가자 출출이 우는 깊은 산골로 가 마가리에 살자

눈은 푹푹 나리고
나는 나타샤를 생각하고
나타샤가 아니 올 리 없다
언제 벌써 내 속에 고조곤히 와 이야기한다
산골로 가는 것은 세상한테 지는 것이 아니다
세상 같은 건 더러워 버리는 것이다

눈은 푹푹 나리고
아름다운 나타샤는 나를 사랑하고
어데서 흰당나귀도 오늘밤이 좋아서 응앙응앙 울을 것이다

夕　陽

거리는 장날이다
장날거리에 녕감들이 지나간다
녕감들은
말상을 하였다 범상을 하였다 쪽재피상을 하였다
개발코를 하였다 안장코를 하였다 질병코를 하였다
그 코에 모두 학실을 썼다
돌체돋보기다 대모체돋보기다 로이도돋보기다
녕감들은 유리창 같은 눈을 번득거리며
투박한 北關말을 떠들어대며
쇠리쇠리한 저녁해 속에
사나운 즘생같이들 사러졌다

故　鄉

나는 北關에 혼자 앓어 누어서
어늬 아츰 醫員을 뵈이었다
醫員은 如來 같은 상을 하고 關公의 수염을 드리워서
먼 넷적 어늬 나라 신선 같은데
새끼손톱 길게 돋은 손을 내어
묵묵하니 한참 맥을 짚드니
문득 물어 故鄉이 어데냐 한다
平安道 定州라는 곳이라 한즉
그러면 아무개氏 故鄉이란다
그러면 아무개氏ㄹ 아느냐 한즉
醫員은 빙긋이 웃음을 떠고
莫逆之間이라며 수염을 쓴다
나는 아버지로 섬기는 이라 한즉
醫員은 또 다시 넌즈시 웃고
말없이 팔을 잡어 맥을 보는데
손길은 따스하고 부드러워
故鄉도 아버지도 아버지의 친구도 다 있었다

絶　望

北關에 계집은 튼튼하다
北關에 계집은 아름답다
아름답고 튼튼한 계집은 있어서
흰 저고리에 붉은 길동을 달어
검정치마에 받쳐입은 것은
나의 꼭 하나 즐거운 꿈이였드니
어늬 아츰 계집은
머리에 무거운 동이를 이고
손에 어린것의 손을 끌고
가펴러운 언덕길을
숨이 차서 올라갔다
나는 한종일 서러웠다

외 가 집

내가 언제나 무서운 외가집은

초저녁이면 안팎마당이 그득하니 하이얀 나비수염을 물은 보득지
　근한 복쪽재비들이 씨굴씨굴 모여서는 쨩쨩 쨩쨩 쵯스럽게 울어
　대고

밤이면 무엇이 기와골에 무리돌을 던지고 뒤울안 배낡에 쩨듯하니
　줄등을 헤여달고 부뚜막의 큰솥 적은솥을 모주리 뽑아놓고 재통
　에 간 사람의 목덜미를 그냥그냥 나려 눌러선 잿다리 아래로 처
　박고

그리고 새벽녘이면 고방 시렁에 채국채국 얹어둔 모랭이 목판 시
　루며 함지가 땅바닥에 넘너른히 널리는 집이다

개

접시 귀에 소기름이나 소뿔등잔에 아즈까리 기름을 켜는 마을에서
  는 겨울밤 개 짖는 소리가 반가웁다

이 무서운 밤을 아래웃방성 마을 돌아다니는 사람은 있어 개는
  짖는다

낮배 어니메 치코에 꿩이라도 걸려서 山너머 국수집에 국수를 받
  으려 가는 사람이 있어도 개는 짖는다

김치 가재미선 동치미가 유별히 맛나게 익는 밤

아배가 밤참 국수를 받으려 가면 나는 큰마니의 돋보기를 쓰고 앉
  어 개 짖는 소리를 들은 것이다

내가 이렇게 외면하고

내가 이렇게 외면하고 거리를 걸어가는 것은 잠풍 날씨가 너무나
　좋은 탓이고
가난한 동무가 새 구두를 신고 지나간 탓이고 언제나 꼭같은 벽타
　이를 매고 고흔 사람을 사랑하는 탓이다

내가 이렇게 외면하고 거리를 걸어가는 것은 또 내 많지 못한 월
　급이 얼마나 고마운 탓이고
이렇게 젊은 나이로 코밑수염도 길러보는 탓이고 그리고 어늬 가
　난한 집 부엌으로 달재 생선을 진장에 꼿꼿이 지진 것은 맛도
　있다는 말이 자꼬 들려오는 탓이다

물닭의 소리

三 湖

문기슭에 바다햇자를 까꾸로 붙인
산뜻한 청삿자리 우에서 찌룩찌룩
우는 전북회를 먹어 한여름을 보낸다

이렇게 한여름을 보내면서 나는 하늬이는
물살에 나이금이 느는 꽂조개와 함께
허리도리가 굵어가는 한 사람을 연연해한다

物 界 里

물밑——이 세모래 닌함박은 콩조개만 일다
모래장변——바다가 널어놓고 못미더워 드나드는 명주필을 짓궂이
　　밭뒤축으로 찟으면
날과 씨는 모두 양금줄이 되어 짜랑짜랑 울었다

大 山 洞

비애고지 비애고지는
제비야 네 말이다
저 건너 노루섬에 노루 없드란 말이지
신미두 삼각산엔 가무래기만 나드란 말이지

비애고지 비애고지는
제비야 네 말이다
푸른 바다 흰 한울이 좋기도 좋단 말이지
해밝은 모래장변에 돌비 하나 섰단 말이지

비애고지 비애고지는
제비야 네 말이다
눈빨갱이 갈매기 발빨갱이 갈매기 가란 말이지
승냥이처럼 우는 갈매기
무서워 가란 말이지

南　鄉

푸른 바닷가의 하이얀 하이얀 길이다

아이들은 늘늘히 청대나무말을 몰고
대모풍잠한 늙은이 또요 한 마리를 드리우고 갔다

이 길이다
얼마 가서 甘露 같은 물이 솟는 마을 하이얀 회담벽에 엣적본의
　장반시계를 걸어놓은 집 홀어미와 사는 물새 같은 외딸의 혼사
　말이 아즈랑이같이 낀 곳은

夜雨小懷

캄캄한 비 속에
새빨간 달이 뜨고
하이얀 꽃이 퓌고
먼바루 개가 짖는 밤은
어데서 물의 내음새 나는 밤이다

캄캄한 비 속에
새빨간 달이 뜨고
하이얀 꽃이 퓌고
먼바루 개가 짖고
어데서 물의 내음새 나는 밤은

나의 정다운 것들 가지 명태 노루 뫼추리 질동이 노랑나뷔 바구지
꽃 모밀국수 남치마 자개짚세기 그리고 千姬라는 이름이 한없이
그리워지는 밤이로구나

꼴 두 기

신새벽 들망에
내가 좋아하는 꼴두기가 들었다
갓 쓰고 사는 마음이 어진데
새끼 그물에 걸리는 건 어인 일인가

갈매기 날어온다

입으로 먹을 뿜는 건

몇십 년 도를 닦어 뛰는 조환가
앞뒤로 가기를 마음대로 하는 건
孫子의 兵書도 읽은 것이다
갈매기 쭝얼댄다

그러나 시방 꼴두기는 배창에 너부러져 새새끼 같은 울음을 우는
  곁에서
뱃사람들의 언젠가 아홉이서 회를 쳐먹고도 남어 한 깃씩 노나가
  지고 갔다는 크디큰 꼴두기의 이야기를 들으며 나는 슬프다

갈매기 날어난다

가무래기의 樂

가무락조개 난 뒷간거리에
빚을 얻으려 나는 왔다
빚이 안 되어 가는 탓에
가무래기도 나도 모도 춥다
추운 거리의 그도 추운 능당 쪽을 걸어가며
내 마음은 우쭐댄다 그 무슨 기쁨에 우쭐댄다
이 추운 세상의 한구석에
맑고 가난한 친구가 하나 있어서
내가 이렇게 추운 거리를 지나온 걸
얼마나 기뻐하며 락단하고
그즈런히 손깍지벼개하고 누어서
이 못된 놈의 세상을 크게 크게 욕할 것이다

멧새 소리

처마끝에 明太를 말린다
明太는 꽁꽁 얼었다
明太는 길다랗고 파리한 물고긴데
꼬리에 길다란 고드름이 달렸다
해는 저물고 날은 다 가고 볕은 서러웁게 차갑다
나도 길다랗고 파리한 明太다
門턱에 꽁꽁 얼어서
가슴에 길다란 고드름이 달렸다

넘언집 범 같은 노큰마니

황토 마루 수무낢에 얼럭궁덜럭궁 색동헌겊 뜯개조박 뵈짜배기 걸
리고 오쟁이 끼애리 달리고 소삼은 엄신 같은 딥세기도 열린 국
수당고개를 몇번이고 튀튀 춤을 뱉고 넘어가면 골안에 아늑히
묵은 녕동이 무겁기도 할 집이 한채 안기었는데

집에는 언제나 셴개 같은 게사니가 벅작궁 고아내고 말 같은 개들
이 떠들썩 짖어대고 그리고 소거름 내음새 구수한 속에 엇송아
지 히물쩍 너들씨는데

집에는 아배에 삼춘에 오마니에 오마니가 있어서 젖먹이를 마을
청능 그늘밑에 삿갓을 씌워 한종일내 뉘어두고 김을 매려 단녔
고 아이들이 큰마누래에 작은마누래에 제 구실을 할 때면 종아
지물본도 모르고 행길에 아이 송장이 거적뙈기에 말려나가면 속
으로 얼마나 부러워하였고 그리고 끼때에는 부뚜막에 바가지를
아이덜 수대로 주룬히 늘어놓고 밥 한덩이 질게 한술 들여트려서
는 먹였다는 소리를 언제나 두고두고 하는데

일가들이 모두 법같이 무서워하는 이 노큰마니는 구덕살이같이 욱
실욱실하는 손자 증손자를 방구석에 들매나무 회채리를 단으로
쪄다 두고 따리고 싸리갱이에 갓진창을 매여놓고 따리는데

내가 엄매 등에 업혀가서 상사말같이 항약에 야기를 쓰면 한창 뛰
는 함박꽃을 밑가지채 꺾어주고 종대에 달린 제물배도 가지채
쪄주고 그리고 그 애끼는 게사니알도 두 손에 쥐어주곤 하는데

우리 엄매가 나를 가지는 때 이 노큰마니는 어늬 밤 크나큰 범이
한 마리 우리 선산으로 들어오는 꿈을 꾼 것을 우리 엄매가 서
울서 시집을 온 것을 그리고 무엇보다도 내가 이 노큰마니의 당
조카의 맏손자로 난 것을 다견하니 알뜰하니 기꺼히 녀기는 것
이었다

童 尿 賦

봄철날 한종일내 노곤하니 벌불 장난을 한 날 밤이면 으레히 싸개
동당을 지나는데 잘망하니 누어 싸는 오줌이 넓적다리를 흐르는
따끈따끈한 맛 자리에 펑하니 피이는 척척한 맛

첫여름 이른 저녁을 해치우고 인간들이 모두 터앞에 나와서 물외
포기에 당콩포기에 오줌을 주는 때 터앞에 밭마당에 샛길에 떠
도는 오줌의 매캐한 재릿한 내음새

긴긴 겨울밤 인간들이 모두 한잠이 들은 재밤중에 나 혼자 일어나
서 머리맡 쥐발 같은 새끼오강에 한없이 누는 잘 매럽던 오줌의
사르릉 쪼로록 하는 소리

그리고 또 엄매의 말엔 내가 아직 굳은 밥을 모르던 때 살갗 퍼런
막내고무가 잘도 받어 세수를 하였다는 내 오줌빛은 이슬같이
샛 말갛기도 샛맑았다는 것이다

安　東

異邦 거리는
비오듯 안개가 나리는 속에
안개 같은 비가 나리는 속에

異邦 거리는
콩기름 쫄이는 내음새 속에
섶누에 번디 삶는 내음새 속에
異邦 거리는
도끼날 벼르는 돌물레 소리 속에
되광대 켜는 되양금 소리 속에

손톱을 시펄하니 길우고 기나긴 창꽈쯔를 즐즐 끌고 싶었다
饅頭꼬깔을 눌러쓰고 곰방대를 물고 가고 싶었다
이왕이면 香내 높은 취향梨 돌배 움퍽움퍽 섑으며 머리채 츠렁츠
  렁 발굽을 차는 꾸냥과 가즈런히 雙馬車 몰아가고 싶었다

咸南 道安

高原線 終點인 이 적은 停車場엔
그렇게도 우쭐대며 달가볼시며 뛰어오던 뿡뿡車가
가이없이 쓸쓸하니도 우두머니 서 있다

해빛이 초롱불같이 희맑은데
해정한 모래부리 플랫폼에선
모두들 절절 끓는 구수한 귀이리茶를 마신다

七星고기라는 고기의 점벙점벙 뛰노는 소리가
쨋쨋하니 들려오는 湖水까지는
들죽이 한불 새까마니 익어가는 망연한 벌판을 지나가야 한다

球 場 路

西行詩抄 1

三里 밖 江쟁변엔 자개들에서
비멀이한 옷을 부숭부숭 말려 입고 오는 길인데
山모퉁고지 하나 도는 동안에 옷은 또 함북 젖었다

한 二十里 가면 거리라든데
한껏 남아 걸어도 거리는 뵈이지 않는다
나는 어니 외진 山길에서 만난 새악시가 꼽기도 하든 것과
어니메 江물 속에 들여다뵈이든 쏘가리가 한자나 되게 크든 것을
　생각하며
山비에 젖었다는 말렸다 하며 오는 길이다

이젠 배도 출출히 고팠는데
어서 그 옹기장사가 온다는 거리로 들어가면
무엇보다도 몬저 '酒類販賣業'이라고 써붙인 집으로 들어가자

그 뜨수한 구들에서
따끈한 三十五度 燒酒나 한잔 마시고
그리고, 그 시래기국에 소피를 넣고 두부를 두고 끓인 구수한 술
　국을 뜨근히
몇사발이고 왕사발로 몇사발이고 먹자

北　新

西行詩抄 2

거리에는 모밀내가 났다
부처를 위하는 정갈한 노친네의 내음새 같은 모밀내가 났다

어쩐지 香山 부처님이 가까웁다는 거린데
국수집에서는 농짝 같은 도야지를 잡어 걸고 국수에 치는 도야지
　　고기는 돗바늘 같은 털이 드믄드믄 백였다
나는 이 털도 안 뽑은 도야지 고기를 물구러미 바라보며
또 털도 안 뽑은 고기를 시껴먼 맨모밀국수에 얹어서 한입에 꿀꺽
　　삼키는 사람들을 바라보며

나는 문득 가슴에 뜨끈한 것을 느끼며
小獸林王을 생각한다 廣開土大王을 생각한다

八　　院
西行詩抄 3

차디찬 아침인데
妙香山行 乘合自動車는 텅하니 비어서
나이 어린 계집아이 하나가 오른다
옛말속같이 진진초록 새 저고리를 입고
손잔등이 밭고랑처럼 몹시도 터졌다
계집아이는 慈城으로 간다고 하는데
慈城은 예서 三百五十里 妙香山 百五十里
妙香山 어디메서 삼촌이 산다고 한다
쌔하얗게 얼은 自動車 유리창 밖에
內地人 駐在所長 같은 어른과 어린아이 둘이 내임을 낸다
계집아이는 운다 느끼며 운다
텅 비인 車안 한구석에서 어느 한 사람도 눈을 씻는다
계집아이는 몇해고 內地人 駐在所長 집에서
밥을 짓고 걸레를 치고 아이보개를 하면서
이렇게 추운 아침에도 손이 꽁꽁 얼어서
찬물에 걸레를 쳤을 것이다

月 林 장

西行詩抄 4

'自是東北八○粁熙川'의 팻말이 선 곳
돌능와집에 소달구지에 싸리신에 옛날이 사는 장거리에
어니 근방 山川에서 덜거기 꿕꿕 검방지게 운다

초아흐레 장판에
산 멧도야지 너구리가죽 뛰뛰새 났다
또 가얌에 귀이리에 도토리묵 도토리범벅도 났다

나는 주먹다시 같은 떡당이에 꿀보다도 달다는 강낭엿을 산다
그리고 물이라도 들 듯이 샛노랗디 샛노란 山골 마가슬 볕에 눈이
    시울도록 샛노랗고 샛노란 햇기장 쌀을 주무르며
기장쌀은 기장차떡이 좋고 기장차랍이 좋고 기장감주가 좋고 그
    리고 기장쌀로 쑨 호박죽은 맛도 있는 것을 생각하며 나는 기쁘
    다

木　具

五代나 나린다는 크나큰 집 다 찌그러진 들지고방 어득시근한 구
석에서 쌀독과 말쿠지와 숫돌과 신뚝과 그리고 넷적과 또 열두
데석님과 친하니 살으면서

한 해에 멫번 매연지난 먼 조상들의 최방등 제사에는 컴컴한 고방
구석을 나와서 대멀머리에 외앗맹건을 지르터 맨 늙은 제관의 손
에 정갈히 몸을 씻고 교의 우에 모신 신주 앞에 환한 촛불 밑에
피나무 소담한 제상 위에 떡 보탕 식혜 산적 나물 지짐 반봉 과
일들을 공손하니 받들고 먼 후손들의 공경스러운 절과 잔을 굽
어보고 또 애끊는 통곡과 축을 귀애하고 그리고 합문 뒤에는 흠
향 오는 구신들과 호호히 접하는 것

구신과 사람과 넋과 목숨과 있는 것과 없는 것과 한줌 흙과 한점
살과 먼 넷조상과 먼 훗자손의 거룩한 아득한 슬픔을 담는 것

내 손자의 손자와 손자와 니와 할아버지와 할아버지의 할아버지
와 할아버지의 할아버지의 할아버지와…… 水原白氏 定州白村의
힘세고 꿋꿋하나 어질고 정많은 호랑이 같은 곰 같은 소 같은
피의 비 같은 밤 같은 달 같은 슬픔을 담는 것 아 슬픔을 담는
것

제 3 부
北方에서

수박씨, 호박씨

어진 사람이 많은 나라에 와서
어진 사람의 짓을 어진 사람의 마음을 배워서
수박씨 닦은 것을 호박씨 닦은 것을 입으로 앞니빨로 밝는다

수박씨 호박씨를 입에 넣는 마음은
참으로 철없고 어리석고 게으른 마음이나
이것은 또 참으로 밝고 그윽하고 깊고 무거운 마음이라
이 마음 안에 아득하니 오랜 세월이 아득하니 오랜 지혜가 또 아
  득하니 오랜 人情이 깃들인 것이다
泰山의 구름도 黃河의 물도 옛님군의 땅과 나무의 덕도 이 마음
  안에 아득하니 뵈이는 것이다

이 적고 가부엽고 갤족한 희고 까만 씨가
조용하니 또 도고하니 손에서 입으로 입에서 손으로 오르나리는
  때
벌에 우는 새소리도 듣고 싶고 거문고도 한 곡조 뜯고 싶고 한 五
  千말 남기고 函谷關도 넘어가고 싶고
기쁨이 마음에 뜨는 때는 희고 까만 씨를 앞니로 까서 잔나비가
  되고
근심이 마음에 앉는 때는 희고 까만 씨를 혀끝에 물어 까막까치가
  되고

어진 사람이 많은 나라에서는
五斗米를 버리고 버드나무 아래로 돌아온 사람도
그 넓차개에 수박씨 닦은 것은 호박씨 닦은 것은 있었을 것이다
나물 먹고 물 마시고 팔벼개하고 누었든 사람도
그 머리맡에 수박씨 닦은 것은 호박씨 닦은 것은 있었을 것이다

北方에서

鄭玄雄에게

아득한 녯날에 나는 떠났다
扶餘를 肅愼을 勃海를 女眞을 遼를 金을
興安嶺을 陰山을 아무우르를 숭가리를
범과 사슴과 너구리를 배반하고
송어와 메기와 개구리를 속이고 나는 떠났다

나는 그때
자작나무와 이깔나무의 슬퍼하든 것을 기억한다
갈대와 장풍의 붙드든 말도 잊지 않었다
오로촌이 멧돌을 잡어 나를 잔치해 보내든 것도
쏠론이 십리길을 따러나와 울든 것도 잊지 않었다

나는 그때
아모 이기지 못할 슬픔도 시름도 없이
다만 게을리 먼 앞대로 떠나 나왔다
그리하여 따사한 햇귀에서 하이얀 옷을 입고 매끄러운 밥을 먹고
  단샘을 마시고 낮잠을 잤다
밤에는 먼 개소리에 놀라나고
아츰에는 지나가는 사람마다에게 절을 하면서도
나는 나의 부끄러움을 알지 못했다

그동안 돌비는 깨어지고 많은 은금보화는 땅에 묻히고 가마귀도
  긴 족보를 이루었는데
이리하야 또 한 아득한 새 넷날이 비롯하는 때
이제는 참으로 이기지 못할 슬픔과 시름에 쫓겨
나는 나의 넷 한울로 땅으로——나의 胎盤으로 돌아왔으나

이미 해는 늙고 달은 파리하고 바람은 미치고 보래구름만 혼자 넋
  없이 떠도는데

아, 나의 조상은 형제는 일가친척은 정다운 이웃은 그리운 것은
  사랑하는 것은 우러르는 것은 나의 자랑은 나의 힘은 없다 바람
  과 물과 세월과 같이 지나가고 없다

許　俊

그 맑고 거룩한 눈물의 나라에서 온 사람이여
그 따사하고 살틀한 볕살의 나라에서 온 사람이여

눈물의 또 볕살의 나라에서 당신은
이 세상에 나들이를 온 것이다
쓸쓸한 나들이를 단기려 온 것이다

눈물의 또 볕살의 나라 사람이여
당신이 그 긴 허리를 굽히고 뒷짐을 지고 지치운 다리로
싸움과 흥정으로 왁자지껄하는 거리를 지날 때든가
추운 겨울밤 병들어 누운 가난한 동무의 머리맡에 앉어
말없이 무릎 우 어린 고양이의 등만 쓰다듬는 때든가
당신의 그 고요한 가슴 안에 온순한 눈가에
당신네 나라의 맑은 한울이 떠오를 것이고
당신의 그 푸른 이마에 삐여진 어깻죽지에
당신네 나라의 따사한 바람결이 스치고 갈 것이다

높은 산도 높은 꼭다기에 있는 듯한
아니면 깊은 물도 깊은 밑바닥에 있는 듯한 당신네 나라의
하늘은 얼마나 맑고 높을 것인가
바람은 얼마나 따사하고 향기로울 것인가

그리고 이 하늘 아래 바람결 속에 퍼진
그 풍속은 인정은 그리고 그 말은 얼마나 좋고 아름다울 것인가

다만 한 마람 목이 긴 詩人은 안다
'도스토이엡흐스키'며 '죠이쓰'며 누구보다도 잘 알고 일등가는
　소설도 쓰지만
아모겻도 모르는 듯이 어드근한 방안에 굴어 게으르는 것을 좋아
　하는 그 풍속을
사랑하는 어린것에게 엿 한 가락을 아끼고 위하는 안해에겐 해진
　옷을 입히면서도
마음이 가난한 낯설은 마람에게 수백냥 돈을 거저 주는 그 인정을
　그리고 또 그 말을
마람은 모든 것을 다 잃어버리고 넋 하나를 얻는다는 크나큰 그
　말을

그 멀은 눈물의 또 별살의 나라에서
이 세상에 나들이를 온 사람이여
이 목이 긴 詩人이 또 게사니처럼 떠곤다고
당신은 쓸쓸히 웃으며 바독판을 당기는구려

歸　農

白狗屯의 눈 녹이는 밭 가운데 땅 풀리는 밭 가운데
촌부자 老王하고 같이 서서
밭최뚝에 즘부러진 땅버들의 버들개지 피여나는 데서
볕은 장글장글 따사롭고 바람은 솔솔 보드라운데
나는 땅임자 老王한테 석상디기 밭을 얻는다

老王은 집에 말과 나귀며 오리에 닭도 우을거리고
고방엔 그득히 감자에 콩곡석도 들여 쌓이고
老王은 채매도 힘이 들고 하루종일 百鈴鳥 소리나 들으려고
밭을 오늘 나한테 주는 것이고
나는 이젠 귀치 않은 測量도 文書도 싫증이 나고
낮에는 마음놓고 낮잠도 한잠 자고 싶어서
아전노릇을 그만두고 밭을 老王한테 얻는 것이다

날은 챙챙 좋기도 좋은데
눈도 녹으며 술렁거리고 버들도 잎트며 수선거리고
저 한쪽 마을에는 마돝에 닭 개 즘생도 들떠들고
또 아이어른 행길에 뜨락에 사람도 웅성웅성 흥성거려
나는 가슴이 이 무슨 흥에 벅차오며
이 봄에는 이 밭에 감자 강냉이 수박에 오이며 당콩에 마늘과 파도
　십그리라 생각한다

수박이 열면 수박을 먹으며 팔며
감자가 앉으면 감자를 먹으며 팔며
까막까치나 두더지 돌벌기가 와서 먹으면 먹는 대로 두어두고
도적이 조금 걷어가도 걷어가는 대로 두어두고
아, 老王, 나는 이렇게 생각하노라
나는 老王을 보고 웃어 말한다

이리하여 老王은 밭을 주어 마음이 한가하고
나는 밭을 얻어 마음이 편안하고
디퍽디퍽 눈을 밟으며 터벅터벅 흙도 덮으며
사물사물 해볕은 목덜미에 간지로워서
老王은 팔짱을 끼고 이랑을 걸어
나는 뒤짐을 지고 고랑을 걸어
밭을 나와 밭뚝을 돌아 도랑을 건너 행길을 돌아
지붕에 바람벽에 울바주에 볕살 쇠리쇠리한 마을을 가르치며
老王은 나귀를 타고 앞에 가고
나는 노새를 타고 뒤에 따르고
마을끝 蟲王廟에 蟲王을 찾어뵈려 가는 길이다
土神廟에 土神도 찾어뵈려 가는 길이다

국 수

눈이 많이 와서
산엣새가 벌로 나려 멕이고
눈구덩이에 토끼가 더러 빠지기도 하면
마을에는 그 무슨 반가운 것이 오는가보다
한가한 애동들은 어둡도록 꿩사냥을 하고
가난한 엄매는 밤중에 김치가재미로 가고
마을을 구수한 즐거움에 사서 은근하니 흥성흥성 들뜨게 하며
이것은 오는 것이다
이것은 어늬 양지귀 혹은 능달쪽 외따른 산옆 은댕이 예데가리밭
　　에서
하로밤 뽀오햔 흰김 속에 접시귀 소기름불이 뿌우현 부엌에
산멍에 같은 분틀을 타고 오는 것이다
이것은 아득한 녯날 한가하고 즐겁든 세월로부터
실 같은 봄비 속을 타는 듯한 녀름볕 속을 지나서 들쿠레한 구시
　　월 갈바람 속을 지나서
대대로 나며 죽으며 죽으며 나며 하는 이 마을 사람들의 으젓한
　　마음을 지나서 텁텁한 꿈을 지나서
지붕에 마당에 우물둔덩에 함박눈이 푹푹 쌓이는 여늬 하로밤
아배 앞에 그 어린 아들 앞에 아배 앞에는 왕사발에 아들 앞에는
　　새끼사발에 그득히 사리워 오는 것이다
이것은 그 곰의 잔등에 업혀서 길여났다는 먼 녯적 큰마니가

또 그 집등색이에 서서 자채기를 하면 산넘엣 마을까지 들렸다는
먼 녯적 큰 아바지가 오는 것같이 오는 것이다

아, 이 반가운 것은 무엇인가
이 히수무레하고 부드럽고 수수하고 슴슴한 것은 무엇인가
겨울밤 쩡하니 닉은 동티미국을 좋아하고 얼얼한 댕추가루를 좋
　아하고 싱싱한 산꿩의 고기를 좋아하고
그리고 담배 내음새 탄수 내음새 또 수육을 삶는 육수국 내음새
　자욱한 더북한 삿방 쩔쩔 끓는 아르굴을 좋아하는 이것은 무엇
　인가

이 조용한 마을과 이 마을의 으젓한 사람들과 살틀하니 친한 것은
　무엇인가
이 그지없이 枯淡하고 素朴한 것은 무엇인가

흰 바람벽이 있어

오늘 저녁 이 좁다란 방의 흰 바람벽에
어쩐지 쓸쓸한 것만이 오고 간다
이 흰 바람벽에
희미한 十五燭 전등이 지치운 불빛을 내어던지고
때글은 다 낡은 무명샤쯔가 어두운 그림자를 쉬이고
그리고 또 달디단 따끈한 감주나 한잔 먹고 싶다고 생각하는 내
  가지가지 외로운 생각이 헤매인다
그런데 이것은 또 어인 일인가
이 흰 바람벽에
내 가난한 늙은 어머니가 있다
내 가난한 늙은 어머니가
이렇게 시퍼러둥둥하니 추운 날인데 차디찬 물에 손은 담그고 무
  이며 배추를 씻고 있다
또 내 사랑하는 사람이 있다
내 사랑하는 어여쁜 사람이
어늬 먼 앞대 조용한 개포가의 나즈막한 집에서
그의 지아비와 마조 앉어 대구국을 끓여놓고 저녁을 먹는다
벌써 어린것도 생겨서 옆에 끼고 저녁을 먹는다
그런데 또 이즈막하야 어늬 사이엔가
이 흰 바람벽엔
내 쓸쓸한 얼골을 쳐다보며

이러한 글자들이 지나간다

──나는 이 세상에서 가난하고 외롭고 높고 쓸쓸하니 살어가도록
태어났다

그리고 이 세상을 살어가는데

내 가슴은 너무도 많이 뜨거운 것으로 호젓한 것으로 사랑으
로 슬픔으로 가득찬다

그리고 이번에는 나를 위로하는 듯이 나를 울력하는 듯이

눈질을 하며 주먹질을 하며 이런 글자들이 지나간다

──하눌이 이 세상을 내일 적에 그가 가장 귀해하고 사랑하는 것
들은 모두

가난하고 외롭고 높고 쓸쓸하니 그리고 언제나 넘치는 사랑과
슬픔 속에 살도록 만드신 것이다

초생달과 바구지꽃과 짝새와 당나귀가 그러하듯이

그리고 또 '프랑시쓰 쨈'과 陶淵明과 '라이넬 마리아 릴케'가
그러하듯이

촌에서 온 아이

촌에서 온 아이여
촌에서 어젯밤에 乘合自動車를 타고 온 아이여
이렇게 추운데 웃동에 무슨 두룽이 같은 것을 하나 걸치고 아랫두
　리는 쪽 발가벗은 아이여
뺄다구에는 징기징기 앙광이를 그리고 머리칼이 놀한 아이여
힘을 쓸랴고 벌써부터 두 다리가 푸둥푸둥하니 살이 찐 아이여
너는 오늘 아츰 무엇에 놀라서 우는구나
분명코 무슨 거즛되고 쓸데없는 것에 놀라서
그것이 네 맑고 참된 마음에 분해서 우는구나
이 집에 있는 다른 많은 아이들이
모도들 욕심 사납게 지게굳게 일부러 청을 돌혀서
어린아이들 치고는 너무나 큰소리로 너무나 뒤접많은 소리로 울
　어대는데
너만은 타고난 그 외마디소리로 스스로웁게 삼가면서 우는구나
네 소리는 조금 썩심하니 쉬인 듯도 하다
네 소리에 내 마음은 반끗히 밝어오고 또 호끈히 더워오고 그리고
　즐거워온다
나는 너를 껴안어 올려서 네 머리를 쓰다듬고 힘껏 네 적은 손을
　쥐고 흔들고 싶다
네 소리에 나는 촌 농사집의 저녁을 짓는 때
나주볕이 가득 드리운 밝은 방안에 혼자 앉어서

실감기며 버선짝을 가지고 쓰렁쓰렁 노는 아이를 생각한다
또 녀름날 낮 기운 때 어른들이 모두 벌에 나가고 텅 뷔인 집 토방
　에서
햇강아지의 쌀랑대는 성화를 받어가며 닭의똥을 주어먹는 아이를
　생각한다
촌에서 와서 오늘 아츰 무엇이 분해서 우는 아이여
너는 분명히 하눌이 사랑하는 詩人이나 농사군이 될 것이로다

澡塘에서

나는 支那나라 사람들과 같이 목욕을 한다
무슨 殷이며 商이며 越이며 하는 나라 사람들의 후손들과 같이
한물통 안에 들어 목욕을 한다
서로 나라가 다른 사람인데
다들 쪽 발가벗고 같이 물에 몸을 녹히고 있는 것은
대대로 조상도 서로 모르고 말도 제가끔 틀리고 먹고 입는 것도
　모도 다른데
이렇게 발가들 벗고 한물에 몸을 씻는 것은
생각하면 쓸쓸한 일이다
이 딴 나라 사람들이 모두 니마들이 번번하니 넓고 눈은 컴컴하니
　흐리고
그리고 길쯧한 다리에 모두 민숭민숭하니 다리털이 없는 것이
이것이 나는 왜 자꼬 슬퍼지는 것일까
그런데 저기 나무판장에 반쯤 나가 누어서
나주볕을 한없이 바라보며 혼자 무엇을 즐기는 듯한 목이 긴 사람
　은
陶淵明은 저러한 사람이었을 것이고
또 여기 더운 물에 뛰어들며
무슨 물새처럼 악악 소리를 지르는 삐삐 파리한 사람은
楊子라는 사람은 아모래도 이와 같었을 것만 같다
나는 시방 넷날 晉이라는 나라나 衛라는 나라에 와서

내가 좋아하는 사람들을 만나는 것만 같다
이리하야 어쩐지 내 마음은 갑자기 반가워지나
그러나 나는 조금 무서웁고 외로워진다
그런데 참으로 그 殷이며 商이며 越이며 衛며 晋이며 하는 나라
　사람들의 이 후손들은
얼마나 마음이 한가하고 게으른가
더운 물에 몸을 불키거나 때를 밀거나 하는 것도 잊어버리고
제 배꼽을 들여다보거나 남의 낯을 쳐다보거나 하는 것인데
이러면서 그 무슨 제비의 춤이라는 燕巢湯이 맛도 있는 것과
또 어늬 바루 새악시가 곱기도 한 것 같은 것을 생각하는 것일 것
　인데
나는 이렇게 한가하고 게으르고 그러면서 목숨이라든가 人生이라
　든가 하는 것을 정말 사랑할 줄 아는
그 오래고 깊은 마음들이 참으로 좋고 우러러진다
그러나 나라가 서로 다른 사람들이
글쎄 어린 아이들도 아닌데 쭉 발가벗고 있는 것은
어쩐지 조금 우수웁기도 하다

杜甫나 李白같이

오늘은 正月보름이다
대보름 명절인데
나는 멀리 고향을 나서 남의 나라 쓸쓸한 객고에 있는 신세로다
넷날 杜甫나 李白 같은 이 나라의 詩人도
먼 타관에 나서 이 날을 맞은 일이 있었을 것이다
오늘 고향의 내 집에 있는다면
새 옷을 입고 새 신도 신고 떡과 고기도 억병 먹고
일가친척들과 서로 모여 즐거이 웃음으로 지낼 것이연만
나는 오늘 때묻은 입든 옷에 마른물고기 한 토막으로
혼자 외로히 앉어 이것저것 쓸쓸한 생각을 하는 것이다
넷날 그 杜甫나 李白 같은 이 나라의 詩人도
이날 이렇게 마른물고기 한 토막으로 외로히 쓸쓸한 생각을 한
　적도 있었을 것이다
나는 이제 어늬 먼 외진 거리에 한고향 사람의 조고마한 가업집이
　있는 것을 생각하고
이 집에 가서 그 맛스러운 떡국이라도 한 그릇 사먹으리라 한다
우리네 조상들이 먼먼 넷날로부터 대대로 이 날엔 으례히 그러하며
　오듯이
먼 타관에 난 그 杜甫나 李白 같은 이 나라의 詩人도
이 날은 그 어늬 한고향 사람의 주막이나 飯館을 찾어가서
그 조상들이 대대로 하든 본대로 元宵라는 떡을 입에 대며

스스로 마음을 느꾸어 위안하지 않었을 것인가
그러면서 이 마음이 맑은 녯 詩人들은
먼 훗날 그들의 먼 훗자손들도
그들의 본을 따서 이 날에는 元宵를 먹을 것을
외로히 타관에 나서도 이 元宵를 먹을 것을 생각하며
그들이 아득하니 슬펐을 듯이
나도 떡국을 놓고 아득하니 슬플 것이로다
아, 이 正月대보름 명절인데
거리에는 오독도기 탕탕 터지고 胡弓소리 뻴뻴 높아서
내 쓸쓸한 마음엔 자꼬 이 나라의 녯 詩人들이 그들의 쓸쓸한 마
   음들이 생각난다
내 쓸쓸한 마음은 아마 杜甫나 李白 같은 사람들의 마음인지도 모
   를 것이다
아모려나 이것은 녯투의 쓸쓸한 마음이다

山

머리 빗기가 싫다면
니가 들구 나서
머리채를 끄을구 오른다는
山이 있었다

山너머는
겨드랑이에 짓이 돋아서 장수가 된다는
더꺼머리 총각들이 살아서
색시 처녀들을 잘도 업어간다고 했다
山마루에 서면
멀리 언제나 늘 그물그물
그늘만 친 건넌山에서
벼락을 맞아 바윗돌이 되었다는
큰 땅꽹이 한 마리
수염을 뻗치고 건너다보는 것이 무서웠다

그래도 그 쉬영꽃 진달래 빨가니 핀 꽃바위 너머
山 잔등에는 가지취 뻐꾹채 게루기 고사리 山나물판
山나물 냄새 물씬물씬 나는데
나는 복장노루를 따라 뛰었다

적막강산

오이밭에 벌배채 통이 지는 때는
산에 오면 산 소리
벌로 오면 벌 소리

산에 오면
큰솔밭에 뻐꾸기 소리
잔솔밭에 덜거기 소리

벌로 오면
논두렁에 물닭의 소리
갈밭에 갈새 소리

산으로 오면 산이 들썩 산 소리 속에 나 홀로
벌로 오면 벌이 들썩 벌 소리 속에 나 홀로

定州 東林 九十여 里 긴긴 하로 길에
산에 오면 산 소리 벌에 오면 벌 소리
적막강산에 나는 있노라

마을은 맨천 구신이 돼서

나는 이 마을에 태어나기가 잘못이다
마을은 맨천 구신이 돼서
나는 무서워 오력을 펼 수 없다
자 방안에는 성주님
나는 성주님이 무서워 토방으로 나오면 토방에는 디운구신
나는 무서워 부엌으로 들어가면 부엌에는 부뜨막에 조앙님
나는 뛰쳐나와 얼른 고방으로 숨어 버리면 고방에는 또 시렁에 데
　석님
나는 이번에는 굴통 모통이로 달아가는데 굴통에는 굴대장군
열혼이 나서 뒤울안으로 가면 뒤울안에는 곱새녕 아래 털능구신
나는 이제는 할 수 없이 대문을 열고 나가려는데
대문간에는 근력 세인 수문장
나는 겨우 대문을 삐쳐나 바깥으로 나와서
밭 마당귀 연자간 앞을 지나가는데 연자간에는 또 연자당구신
나는 고만 디겁을 하여 큰 행길로 나서서
마음 놓고 화리서리 걸어가다 보니
아아 말 마라 내 발뒤축에는 오나가나 묻어 다니는 달걀구신
마을은 온데간데 구신이 돼서 나는 아무데도 갈 수 없다

七月 백중

마을에서는 세불 김을 다 매고 들에서
개장취념을 서너 번 하고 나면
백중 좋은 날이 슬그머니 오는데
백중날에는 새악시들이
생모시치마 천진푀치마의 물팩치기 껑추렁한 치마에
쇠주푀적삼 항라적삼의 자지고름이 기드렁한 적삼에
한끝나게 상나들이옷을 있는 대로 다 내입고
머리는 다리를 서너 켜레씩 들어서
시뻘건 꼬둘채댕기를 삐뚜룩하니 해꽂고
네날백이 따배기신을 맨발에 바꿔 신고
고개를 몇이라도 넘어서 약물터로 가는데
무썩무썩 더운 날에도 벌 길에는
건들건들 씨언한 바람이 불어오고
허리에 찬 남갑사 주머니에는 오랜만에 돈푼이 들어 즈벅이고
광지보에서 나온 은장두에 바늘집에 원앙에 바둑에
번들번들하는 노리개는 스르럭스르럭 소리가 나고
고개를 몇이라도 넘어서 약물터로 오면
약물터엔 사람들이 백재일치듯 하였는데
붕가집에서 온 사람들도 만나 반가워하고
깨죽이며 문주며 섶가락 앞에 송구떡을 사서 권하거니 먹거니 하고
그러다는 백중 물을 내는 소내기를 함뿍 맞고

호주를하니 젖어서 달아나는데
이번에는 꿈에도 못 잊는 붕가집에 가는 것이다
붕가집을 가면서도 七月 그믐 초가을을 할 때까지
평안하니 집살이를 할 것을 생각하고
애끼는 옷을 다 적시어도 비는 씨원만 하다고 생각한다

南新義州 柳洞 朴時逢方

어느 사이에 나는 아내도 없고, 또,

아내와 같이 살던 집도 없어지고,

그리고 살뜰한 부모며 동생들과도 멀리 떨어져서,

그 어느 바람 세인 쓸쓸한 거리 끝에 헤매이었다.

바로 날도 저물어서,

바람은 더욱 세게 불고, 추위는 점점 더해 오는데,

나는 어느 木手네 집 헌 삿을 깐,

한 방에 들어서 쥔을 붙이었다.

이리하여 나는 이 습내 나는 춥고, 누긋한 방에서,

낮이나 밤이나 나는 나 혼자도 너무 많은 것 같이 생각하며,

딜옹배기에 북덕불이라도 담겨 오면,

이것을 안고 손을 쬐며 재 우에 뜻없이 글자를 쓰기도 하며,

또 문밖에 나가디두 않구 자리에 누어서,

머리에 손깍지벼개를 하고 굴기도 하면서,

나는 내 슬픔이며 어리석음이며를 소처럼 연하여 쌔김질하는 것이
    었다.

내 가슴이 꽉 메어 올 적이며,

내 눈에 뜨거운 것이 핑 괴일 적이며,

또 내 스스로 화끈 낯이 붉도록 부끄러울 적이며,

나는 내 슬픔과 어리석음에 눌리어 죽을 수밖에 없는 것을 느끼는
    것이었다.

그러나 잠시 뒤에 나는 고개를 들어,

허연 문창을 바라보든가 또 눈을 떠서 높은 턴정을 쳐다보는 것인데,

이 때 나는 내 뜻이며 힘으로, 나를 이끌어 가는 것이 힘든 일인 것을 생각하고,

이것들보다 더 크고, 높은 것이 있어서, 나를 마음대로 굴려 가는 것을 생각하는 것인데,

이렇게 하여 여러 날이 지나는 동안에,

내 어지러운 마음에는 슬픔이며, 한탄이며, 가라앉을 것은 차츰 앙금이 되어 가라앉고,

외로운 생각만이 드는 때쯤 해서는,

더러 나줏손에 쌀랑쌀랑 싸락눈이 와서 문창을 치기도 하는 때도 있는데,

나는 이런 저녁에는 화로를 더욱 다가 끼며, 무릎을 꿇어 보며,

어니 먼 산 뒷옆에 바우섶에 따로 외로이 서서,

어두어 오는데 하이야니 눈을 맞을, 그 마른 잎새에는,

쌀랑쌀랑 소리도 나며, 눈을 맞을,

그 드물다는 굳고 정한 갈매나무라는 나무를 생각하는 것이었다.

附 散 文

마을의 遺話

　양아들네 부처는 덕항영감과 저척노파를 쥐나 누더기로 여겼는지 모른다. 그러기에 말만한 웃간 냉방에 이 구석에는 누더기가 뭉그리고 있고 저 구석에는 쥐들이 살림을 하는 곳에 영감과 노파를 둔 것이다. 덕항영감과 저척노파가 쭈그리고 앉은 것이나 꾸부러치고 누운 것을 두고는 누구나　누더기뭉제기라고 보았으나, 그리고 사람 먹던 것을 쥐가 먹어도 질색하는 세상에서 영감과 노파는 쥐 먹던 것을 먹고도 아무 말이 없었으나, 이상한 일인지 모른다, 아무리 해도 사람은 누더기나 쥐가 되지는 않았다. 이 늙은 영감 노파가 누더기나 쥐가 되기에는 몇해나 걸리는지 모르나 삼십 년쯤을 가지고는 사람이 누더기나 쥐가 되지 못하는 것만은 분명하였다. 영감 노파는 얼마나 구석에서 말이 없는 누더기가 되고 싶었는지 모른다. 자배기 속의 쥐가 얼마나 부러웠는지 모른다.

　누더기 그것은 추울 근심이 없었다. 영감 노파의 귀와 발이 어는 방안에서도 그것은 귀와 발이 얼 줄을 몰랐다. 영감 노파는 사시나무 떨듯 떠는 때라도 그것은 언제나 사지를 편 놈은 편 채로 꾸부린 놈은 꾸부린 채로 까딱하지 않았다. 영감 노파는 종내 누더기의 신세를 지지 않으면 안될 때가 왔다. "얼어 죽갔구나" 하고 덕항영감이 먼저 발부리에다 누더기를 덮었다. 다음엔 저척노파가 허리 위로 그것을 잡아당긴 것이다.

쥐 그것은 배고픈 세상을 몰랐다. 콩을 먹다가는 팥을, 싫어지면 어데선지 하이얀 입쌀을 날라다 먹었다. 두 늙은이가 끼니를 떼고 곯은 배를 졸라매는 때에도 쥐들은 잔치를 벌이는 일이 있었다. 두 늙은이의 입에서는 잊어뜨린 맛난 것을 그들은 동안이 뜨지 않게 먹고 영감 노파가 못 가는 마을의 대사집에 그들은 마음대로 출입하였다. 가난한 사람이 넉넉한 사람의 덕이나 입듯이 영감 노파는 쥐의 덕을 입을 때가 왔다. 쥐구멍 가에 커다란 비웃청어 한 개가 놓인 적이 있었다. 끼를 곯은 저척노파는 "아이고 시장해" 하고 청어 한 개를 집어서 두 조각에 노난 것이다.

슬픈 일이었다. 덕항영감과 저척노파는 그렇게도 되고 싶은 누더기와 쥐가, 되지 않고는 못 배길 누더기와 쥐가 좀처럼 되지 않았다. 그것은 영감 노파가 누더기와 쥐보다 한층 높은 인간인 까닭인지도 모르나 까닭인즉 누더기와 쥐가 어떤 인간보다는 적어도 영감 노파가 그것인 그 인간보다는 한층 위에 있는 때문이었다.

영감 노파는 생각하였다——환생을 하여야 하느니라고. 원수의 죽음이 왜 오지 않을까고. 덕항영감과 저척노파가 죽지 않는 것은 이상한 일이 될 수 없었다. 그것은 목숨이 하늘에나 달려도 달렸을 것이라고 해도 좋으나 영감 노파는 인간이 아닌지 모른다고 해도 좋으나 영감 노파가 죽음을 피하는 것이 아니고 죽음이 영감 노파를 피해 살아가는 까닭이었다. 대체 죽음이란 것이 인간을 무서워 피하는 일이 있기는 한 것이었다. 세상에도 웃지 못할 일이었다.

웃간에는 물김이 올라오지는 않았다. 쥐와 누더기에게는 물김이 소용없었다. 영감 노파의 몸 가운데 있는 물기라는 물기가 모두 얼어버리기만 하면 그만이었다. 땅만 해도 겨울이 되면 얼고 도랑과 용두리와 시내와 바다까지도 모두 얼어붙지 않나.

그래도 바다는 살고 시내도 살고 땅도 살아 있지 않나. 겨울이 되면 영감 노파의 몸 가운데의 물기는 얼어붙을 줄 알았다. 땅이 굳어버려 푹신푹신하지 않듯이 영감 노파의 사지도 가드러들어 제대로 놀지 않으면 그만이었다. 시내가 얼듯이, 작은 바다가 얼듯이. 이러하였다, 웃간의 구들장아 차디찬 영감 노파의 몸뚱이에 닿아서 오력을 가드러치고 우들우들 떠는 것이었다. 그저 겨울이 '세상에도 괴상한 늙으대기들도 다 있다' 하고 어이없는 웃음을 웃고 지나가는 것이었다.

영감 노파는 죽지는 않았다.

올 겨울을 나도 영감 노파는 죽지는 않았다. 여든여덟——덕항 영감은 여든여덟이 되었다. 여든이란 고개에 오르지 않으려고 영감은 얼마나 신명께 빌었는지 모른다. 인간의 약속을 믿기도 하였다. 하나 그런 것들이 쓸데없이 영감은 고개를 넘고야 말았다. 이 고개에 몇 걸음 안 내놓고 영감은 숨발을 있는 대로 다 뽑아보려 하였다. 하나 다 뽑을 수 없는 숨발이 가슴속에 그득히 사리어 있는 줄을 영감은 알았다. 영감은 나이의 발목재기를 꺾어놓으려 하였다. 하나 그것은 영감의 마음을 읽어 알은 듯이 영감의 앞장을 서서 더 빨리 달음질치는 것이었다. 여든이 고개를 오르는 길가에 얼마나 많은 인간들이 쓰러졌나. 영감은 세상의 복이 쓰렷이 누운 것이라고 하였다. 영감도 이 길가에 쓰러져 누워본 것이다. 하나 목숨은, 고된 목숨은 불측하게도 영감의 목을 추켜 일으키고야 말았다. 이렇게 해서 벌써 또 한 고개가 가까왔다. 영감이 풀없이 온 길을 돌아다보면 저척노파가 그 높은 여든의, 죄많은 인간만이 추어넘는 여든의 고개를 훨훨 잘도 넘어오지 않나. 영감은 잠깐 아흔의 고개로 가는 길가의 바위에 미를 붙이고 앉아서 중얼거렸다. "할미나 내나 죽어디야디 !"

그러나 죽음이 왔다. 그것은 작은 죽음들이었다. 영감과 노파의 몸을 옹근 채로 죽이는 것이 아니라 그 몸의 한 부분씩을 죽이는 죽음이 온 것이다. 저척노파의 눈이 죽었다. 그 눈이 아주 어두워진 것이다. 덕항영감의 허리가 죽었다. 그 허리가 부러질 듯이 딱 꼬부라진 것이다. 영감 노파는 그래도 기뻐하지는 않았다. 작은 죽음이란 큰 죽음의 앞을 서서 오는 것이 아닌 때문이다. 그것은 우두머리가지 몇 가지가 껌껌 죽은 나무, 그것은 채 부러지지 않고 휘어 꾸부러져 버린 나무 그것과 같았다. 연륜의 몇 돌기나 돌아갈지 모를 나무, 어데 죽음이라고 할 것이 왔을까!

정말 죽음이 와서 건드리다가 싸우다가 가버린 때의 그 원심이——그것이 작은 죽음인지도 모른다. 그것은 또 정말 죽음이 와서 귀여워하다가 사랑하다가 마지 못해 떠난 때의 그 애틋한 정이, 그것이 작은 죽음인지도 모른다. 그것이 영감 노파에게 온 것이었다.

작은 죽음도 죽음이기는 하였다. 그런 까닭이었을 것이다——영감 노파는 그들의 염원인 누더기와 쥐가 되려 든 것이다. 그것은 분명히 앞으로 어느 날엔 쥐와 누더기가 될 인간이었다. 아직도 사람의 테를 쓴 누더기와 쥐였다. 그래 누더기가 무엇을 보나? 그것은 눈이 없다. 아, 저척노파가 무엇을 보나? 앞 못 보는 노파라 누더기였다. 그것은 이제는 육신을 놀릴 수는 없는 누더기였다. 덕항영감이 손이 없어진 것이다. 허리 꼬부라진 영감의 두 손은 그것은 두 발이었다. 쥐도 허리를 펴면 그 발은 손이 아닌가? 영감에겐 네 발이 있다. 쥐는 서서 다니지는 않았다. 영감도 서서 다닌다고는 할 수 없었다. 영감은 내일이라도 꼬리를 뻗칠 쥐였다.

이것은 즐거울 일이 아닐 수 없었다. 영감 노파의 하늘이 내려온 것이 아닐 수 없었다. 그러나 영감 노파는 슬펐다.

사람의 갓난것이 하룻밤 동안에 어른이 되지 못하듯이 그들은 하룻밤 동안에 쥐와 누더기의 어른이 되어야 할 것이었다. 갓난것이 자라서 어른이 된다——이것은 하룻동안의 일이 아니면 안되었다. 그러나 불쌍한 영감 노파는 갓난아이가 되는데 여든이 되었고 여든이 훨씬 지난 것이다. 어른이 된다, 하룻밤 동안에 어른이 된다——그것은 안될 이야기였다.

그것은 슬픈 일이었으나 영감 노파는 생각하였다——왜 눈은 어두 웠을까, 왜 허리는 꼬부라졌을까. 그것은 물론 나이의 장난인 것 이나 이런 줄이 영감 노파에게 알려진 때 그들은 또 생각한 것이다 ——왜 나이는 갔을까고. 거기에는 울음소리는 없어도 울음이 있 었다. 갓난아이의 갓 맞은 제 운명을 원망하는 울음이 있었다. 운 명——그것은 쥐와 누더기의 갓난아이를 울리는 것이나 그것은 또 사람의 늙은이를 울리기도 하였다.

저척노파는 바람벽을 문이라고 떠미는 것이었다. 그러나 바람벽 은 비켜주려고는 하지 않았다. 그것은 웃는 얼굴을 짓지도 않았다. 노파의 손길이 오자 그것은 차디찬 발바닥을 들어 대는 것 같았다. 노파의 손이 닿는 바람벽은 차고 굳었다. 노파는 멈칫하고 물러서 나 다시 하는 수 없이 그는 차디찬 무뚝뚝한 바람벽을 손으로 쓸어 가는 것이었다. 그러나 세상에도 고마운 일이다. 저척노파는 문을 여는데 그리 애는 쓰지 않았다. 덕항영감이 언제나 곁에 있어주었 다. "문을 열라구 그르나" 하고 영감은 한 손으로 문고리를 잡고 한 손으로 노파의 손목을 잡아 끄는 것이었다. 문은 작았다. 그것 은 영감이 늙어 꼬부라지고 작아져서 열어주기를 바라고 있는 듯 하였다. 작은 문 그것은 장난꾸러기였다. 앞 못 보는 노파를 놀려 대어서 울려놓고 마는 장난꾸러기였다. 그것은 속이 타서 바람벽 을 어리쓰는 노파에게 들키지 않으려는 듯이 한켠쪽에 가만히 숨 을 죽이고 쪼그리고 있었다. 그것은 이 철없는 것이 노파와 숨굴 막질을 하려 드는 것이었다. 그럴 때면 언제나 영감이 이 장난꾸 러기의 손을 꼭 붙들고 노파의 손을 끌어다 대었다. 문은 노파의 말을 잘 듣지는 않았다. 배를 밀어보아도 잘 나가지 않았다. 허리 를 차보아도 역시 짚이었다. 어깨를 쳐보나 움직이지 않았다. 어 떤 때 노파 혼자 죽을 애를 다 써서 이 장난꾸러기의 몸뚱이를 붙 잡게 되면 그는 곧 제 손을 찾는 노파에게 제 발을 내어밀었다. 배 를 어리쓰는 노파에게 가슴을 돌려대었다.

작은 문——그것은 저척노파가 늙어서 눈이 어둡는 때를 기다리고 있은 듯하였다.

노파는 울었다. 서럽고 원통해서 울었다.

작은 문——그것은 노파의 우는 꼴을 보려고 있는 듯하였다.

그래도 그것은 세상의 착한 일이었다. 그래도 그것은 세상의 밝은 일이었다. 그것은 아직도 따뜻한 것이 식지 않은 세상의 일이었다. 영감 노파가 작은 문을 나온 때에 그 작은 장난꾸러기의 성화를 벗어난 때에 그들은 정말로 캄캄하고 산득산득한 세상을 만나는 것이었다. 울음이 그들에게 오는 때였다. 그들은 울음을 정말로 반겨 맞았다. 울음 없이는 그들은 어둡고 차디찬 세상에 잠시라도 있을 수 없었던 것이다. 작은 문 밖에 있는 세상 그것은 영감 노파에게 장난은새로 눈 거들떠보지도 않았다. 조금만 가까이하면 조금만 오래 있으면 그것은 그들을 뿌리쳐버리고 쫓아버리고야 말 것이었다.

섭돌——그것은 영감을 모른 척하였다. 그것까지도 영감을 모른 척하였다. 그것은 그래도 토방에서 마당으로 내려서는 영감을 안아 내려놓은 것이다. 그것은 그래도 마당에서 토방으로 올라서는 영감을 추켜 울려놓은 것이다. 그렇지만 이제는 영감을 보려고도 하지 않았다. 눈을 꽉 지르터 감고 있거나 딴눈을 팔고 있거나 하였다. 그것은 분명히 영감을 나무라거나 원망하는 것이었다.

그것은 영감이 섭돌의 바람을 믿음을 저버린 듯 깨쳐버린 듯하였다. 삼십 년 동안 그동안에 섭돌은 영감에게 바람을 붙여오고 믿음을 두어왔는지 모른다. 세상이 이떠껏 몰랐고 시방도 모르고 앞으로도 모를 은근한 바람과 믿음을——이것들이 어린아이들같이 영감에게 매어달려서 따라왔는지 모른다. 영감은 먼저 손쉽게 생각하였다.——나야 불쌍하디 불쌍한 뒤상이 아닌가? 그러하였다. 영감은 불쌍한 영감이었다. 불쌍한 놈에게 죄 돌아올 게 있나? 그러하였다. 불쌍한 것은 죄를 잊게 하나 그 죄를 지지는 못하는 것이다. 그러나 죄를 지지 못할 불쌍한 영감은 죄를 지고 있었다. 남의 정성 가득한 바람과 믿음을 몰라보거나 저버리는 것은 죄가 아닐 수 없었다. 영감은 섭돌의 바람과 믿음을 저버리고 몰라보는 죄를 지었다. 그것은 사람이 돌보다 못한 데서 생긴 사람으로의 죄였다. 그 죄를 영감은 사람 가운데 가장 사람인 탓으로 받는 것이었다. 영감은 종내 이런 생각을 해내었다. 섭돌의 믿음과 바람을 알아낸 것이었다. '나이, 내가 나이를 먹었다구!'

섭돌은 영감이 인생의 가져오는 늙음을, 세상의 주는 나이를 받지 않고 퇴할 것을 바라고 믿었던 것이었다. 그러나 되지 않을 일이었다. 영감은 나이를 먹고 늙어 꼬부라진 것이다. 벌써 때늦은 일이었다. 영감에게는 벌이 온 것이다.

섭돌은 어느 날 종내 영감을 굴려 떨어뜨리고야 말았다. 영감이 불측하고 잔학한 원수에게 갚을 생각을 하였던 잔학하고 불측한 수로 섭돌은 영감을 메다치고 말았다. 그것은 영감의 그 무덤에서 파내온 것 같은 다리를 떠밀었는지 모른다. 잡아채거나 걸어 닥채었는지 모른다. 영감은 넘어지고 말았다. 영감에게 남은 것은 깰랑하는 소리를 내며 마당에 쓰러지는 것뿐이었다. 그것은 세상의 정과 사랑과 힘과 값과 위엄들이 영감을 잡아 메다쳐 놓고 달아나면서 입을 모아 큰 소리로 욕을 하는 소리였다. 영감은 부르르 떨었다. 날짐승이 죽을 때에 떨듯이 영감은 떨었다. 영감은 그리고 모두숨을 쉬었다. 길짐승이 죽을 때에 쉬는 숨을 영감은 쉬었다. 영감은 죽는 영감이었다. 분명히 죽으려는 영감이었다. 그러나 영감은 날짐승은 아니었다. 길짐승도 아닌 사람인 영감이었다. 영감은 죽지는 않았다.

죽는 몸뗑을 떨고 죽는 긴 숨을 쉬었으나 영감은 죽지는 않았다. 영감이 죽으려면 아직도 무엇이 하나 더 남은 듯하였다. 그것은 눈을 뒤솟는 것인지 모른다. 그러나 영감은 그 짓을 하지 않았다. 모를 일이나 영감은 잘망하니 그것을 잊었는지 모른다. 어쨌

든 영감은 죽지는 않았다. 영감의 입에서 나오는 소리——아고고——그것은 영감이 죽지 않은 것을 소리쳤다, 하늘과 땅에. 그것은 분명히 세상에 대고는 치지 않은 소리였다.

영감에게서는 또 소리가 나왔다. 아유유——그것은 영감의 입에서 나오는 소리는 아니었다. 그러나 그것은 영감의 몸뚱이에 있는 어느 한 구멍으로 나오는 소리였다. 그러면 눈에서? 눈으로는 아니었다. 귀로도, 코로도 아니었다. 영감의 속과 맞뚫린 구멍들——영감에게 그런 것이 있었던가? 하늘에 대고 말해도 영감에게 그런 것은 없어왔다. 그러나 하늘에 대고 말해도 어느 사이에 영감에게는 그런 것이 있게 되었다. 구멍이라기는 너무 좁은 구멍이, 틈이라기는 너무 넓은 틈이 영감의 광대뼈 위에 생긴 것이었다.

아유유——그것은 이 입으로 나온 소리였다. 그것은 영감을 욕해 버리고 달아난 영감의 원수——세상의 사랑과 정과 힘과 위엄과 값들의 뒤를 쫓아가는 듯하였다. 그것들을 잡아 죽일 듯이 자꾸 쫓아가는 듯하였다. 그동안 영감은 울었다. 한없이 아파서 울었다. 한없이 서러워 울었다. 그것은 지난해 마가을 바람결에 굴러떨어진 넉줄 마른 오그랑박 한 동이 한없이 아파서 울었을 듯이. 한없이 서러워 울었을 듯이.

상처——그것은 한 불행한 갓난아이였다. 그것은 언제 가서 입을 다물게 될지 모르는 울음 끝질린 아이였다. 그러나 그 아이가 이제는 도리어 영감의 울음을 멈추게 할 때는 왔음직도 하였다. 정말로 그런 때는 온 것이다. 덕항영감의 속에 숨었던 많은 영감들이 이제는 모두 뛰어나와서 제각각 그 설움을 울게 된 것이었다. 배고픈 영감의 설움, 추위에 죽다 살아난 영감의 설움, 천대와 부랑을 지지리 받는 영감의 설움, 새끼 없는 영감의 설움, 늙어 꼬부라져도 죽어지지 않는 영감의 설움, 그 설움을 우는 많은 영감들의 울음——그것은 상처의 울음을 휘파람으로 여겨도 좋을 정말로 그것은 울음이었다. 어린아이의 울음이 이 섧고 원통한 크나큰 울음

속에서 들릴 수는 없었다. 상처——그것은 눈이 동그래져서 이제는
울음을 그치고 영감의 우는 꼴을 말끄러미 쳐다볼지도 모르나 이
제는 이렇게 섧게 우는 이 많은 영감들이 언제 울음을 그칠 것 같
지는 않았다.

죄 많은 아이——영감의 상처는 영감의 많은 영감들에게 끝없는
울음을 가져온 것이다. 그러나 영감의 곁에는 이 세상이 끝날 때까
지 끝나지 않을 울음을 울려는 서러운 영감들의 울음을 멈추게 할
사람이 있었다.

저척노파가 영감의 곁에서 울음을 지키고 있었다. 그것은 서러
운 길밖에 다시 다른 길로 달아나지 못하게나 하는 듯이. 저척노
파는 영감의 울음을 어느 때에 가서는 잠잘 우리로 몰아넣으려고
있는 것이었다.

그러나 큰일이 났다. 그것은 저척노파가 울음을 멈추기는새로
노파가 영감들과 같이 도리어 그들보다 더 섧게 울기 시작한 것이
다. 노파의 속으로는 여러 노파들이 제각각 설움을 안고 나와서
는 퍼더버리고 앉아서 울음을 울기 시작한 것이다. 한없는 설움을
가진 많은 노파들이. 울음은 커졌다. 한세상, 영감 노파의 작은
한세상이 울음이기나 한 듯이. 상처도 노파도 영감도 없고 울음이
있었다. 죄도 설움도 없고 울음이 있었다. 해와 같은 울음이, 밤
과 같은 울음이, 하늘과 같은 울음이, 땅과 같은 울음이 !

아유유——그것은 확실히 이름이 구멍으로 나오는 소리였다. 그
것은 이 새빨간 누구의 입, 무슨 입인지는 모르나 입인 이름이 구
멍으로 나온 것이었다. 그것은 피의 입인지 모르나, 하나 영감의
뺨에 피가, 빨간 피가 한방울이나 있을 수 있을까 ? 그 피의 목숨
이 영감의 이 뺨에는 있었다. 새빨간 입이었다. 그것은 새빨간 피
의 입이었다. 하이얀 이가 그 안으로 비죽이 보이는 것이 아닌가 ?
세상에서는 영감의 낯이 터져서 하이얀 뼈가 보인다고 할 것이나
그것은 새빨간 피의 입의 하이얀 이빨이었다.

한 달이 걸려서 영감의 상처는 겨우 아물었다.

땅 위에는 하늘 아래에는 어디들로부터인지 새라새 세상들이 찾아와서 머물 대로 머물려 들었다. 즐거운 빛깔을 가진 세상이 어떤 무리의 사람들에게 오고 슬픈 빛깔을 가진 세상이 다른 무리의 사람들에게 온 것이다. 그것은 시절이라는 것과 같이 오고 그것은 인생의 생사라는 것과 앞서거니 뒤서거니 와서 그것은 사람들을 행복에 대어놓고 행복 속에 깊이 몰아놓고, 사람들을 불행에 대어놓고 불행 속에 깊이 몰아넣는 것이다. 세상은 생명의 즐거움을 가지고 생명의 괴로움을 가지고 저를 찾는 사람이나 안 찾는 사람이나 매한가지로 그들을 찾아오는 것이다. 새 세상이 올 때 사람들은 경사로운 큰 일을 맞는 사람들이라 그들은 웃고 이야기하고 떠들고 즐거워하는 것이다. 위안과 희열과 희망에 싸여서. 그러나 사람들은 또 상서롭지 못한 일을 당한 사람들이라 그들은 울고 푸념하고 한숨지으며 서러워하는 것이다. 근심과 비애와 절망에 싸여서.

상처가 아문 영감에게 그것은 노파에게도 어떤 새 세상이 찾아온 듯하였다. 울 힘도 한숨 쉴 맥도 없는 영감과 노파에게 생명의 괴로움을 가지고 새 세상이 찾아온 것은 분명하였다.

밀고 헤치고 넘어치고 타고넘고 때려뉘고 얼려보내고 몰래 피해 달아나고…… 수많은 새 세상을 그것은 생명의 괴로움만을 가지고 오는 새 세상을 그들은 이렇게 떼어버리고 온 것이었다.

온 곳 모든 사람들에게는 시절을 따라온 새 세상이 찾아왔다. 그것은, 아름답고 따뜻하고 부드러운 세상은 사람들을 반겨 맞고 다정하니 껴안고 알뜰하니 잔등을 뚜드리며 살뜰하니 이야기하는 것이었다.

그것은 그 부드러운 손을 들어 손질을 하고 그 온순한 눈을 가지고 눈질을 하고 그것은 맑고 고운 노래를 부르고 몸매 곱게 춤을 추고 꿈을 부르는 웃음을 웃는 것이었다. 세상의 온 곳 영감을

내놓은 모든 사람들에게 찾아온 새 세상은 이러하였다. 세상의 어
느 한귀, 모든 사람들을 내놓은 영감에게는 어느 거지를 따라가다
버리고 온 세상이, 어느 죽음한테 쫓겨오는 세상이 찾아온 것이었
다. 아니 그것은 어느 거지를 죽음까지 쫓아보내고 오는 세상인
것이 틀림없었다.

영감 노파에게는 이제는 다시 닥치는 새 세상을 떼어버릴 힘은
없었다. 땅 위의 사람들의 구원을 물으려 하나 소리가 믿지는 않
을 것이었다. 울어서 이 새 세상, 이 귀신의 정을 달래보려 하나
벌써 눈물은 말라버렸다. 이러한 그들을 새로 세상은 마음껏 뱉
껏 끓리고 볶다 차버려도 좋고 배를 밟아 죽여도 좋고 코를 꿰
어 끌고 다녀도 좋았다. 그러나 그것은 그들을 죽이지는 않았다.
차버리기도 코를 꿰지도 않았다. 그것은 아침마다 영감에게 바가
지 한짝을 들리어서 삼리가 넘는 인가 대대한 마을로 보내는 것
으로 만족하였다. 그것은 저녁마다 노파에게 영감이 얻어오는 찬
밥을 끓이게 하였다. 그것은 또 모진 웃음을 웃어가며 영감 노파
에게 이런 말을 바꾸게 하기도 하였다. 아침 영감이 바가지를 들
고 일어서는 기색을 챈 노파가 "에구, 그렇게 허리, 허리 아프 대
면서 또 어떻게 가갔노" 하면 그때에는 영감이 "눈은 왜 멀었노.
할미 눈만 안 멀었서두 이르틴 안캈더기리" 하기도, 저녁것이 되어
노파가 부뚜막을 어리쓸어 귀나간 옹주리를 찾아 들고 물 길러
나가는 것을 본 영감이 "가만 있으라구 내 퍼오게" 하고 일어서며
"앞은 와 못 봐가지구 그르노" 하고 옹주리를 뺏어 들면 "허리나
좀 쉬더. 쉬라구" 하고 노파는 돌아서서 부엌문을 찾기도 하는 것
이었다.

새 세상, 그것은 덕항영감과 저척노파의 양아들 양며느리가 두
늙은이를 버리고 밤중에 도망을 해버린 것이었다. 새 세상, 그것
은 해골 같은 영감이 비애와 절망의 지팡이를 앞세우고 시커먼 죽
음의 그림자를 뒤에 끌고 밥을 얻으러 가게 한 것이었다. 새 세상,

그것은 해골 같은 노파가 비애와 절망의 지팡이를 머리맡에 세우고 시커먼 그림자를 깔고 눕게 한 것이었다.

새 세상이 영감 노파에게 온 뒤로 이 산골의 물과 바위와 물 속의 가재와 산새와 닭 개 짐승과 수풀과 나무와 낮하늘의 해와 밤 하늘의 별들은 가난하고 외롭고 늙어 병신이 된 이 두 불쌍한 생령을 무서워하고 경계하는 듯하였다. 그것은 얼마 아니하여 이 두 생령이 무덤없는 귀신이 될 것을 알은 탓인지도 몰랐다.

<朝鮮日報 1935. 7. 6~20>

닭을 채인 이야기

디펑영감장이 시생이네 닭을 때려죽이지 않았어야 할 것이었다. 시생이네 닭이 디펑영감장네 차조밭에 나오지 않았어야 더 좋았을 것이었다. 해도 영감장에게나 닭의새끼들에게나 운수 사나운 날이었다. 시생이네 열 배나 되는 닭의새끼들이 영감장네 차조밭을 제 천지로들 알고 뒤덮쳤다. 디펑영감장 같은 늙은대기는 발톱은 내놓고 주둥이 하나만으로라도 당해낸다는 듯이 닭들은 울력성당으로 밀려나왔다. 밭기슭에서 은장도로 손톱을 깎으며 지중거리던 디펑영감은 이 꼴을 보고 염체사니도 너무 없는 짐승이라고 닭의 떼에게 눈을 빨면서 "나이 칠십에 이런 벼락 맞아 뒈질(죽을) 닭의새끼들은 첨 보갔구나" 하고 무리돌을 든 것이다.

두 마리의 시생이네 닭이 디펑영감장네 차조밭 고랑에서 마지막 기지개를 틀었다.

그날 밤, 운수 사나운 날 밤 그렇지 않아야 좋았을 일이 모두 그러하였다. ——디펑염감장은 산꿩을 잡는 꿈을 꾸었다. 귀머거리 할망구는 허리를 앓느라고 밖으로 나와보지 못했다. 개는 암컷을 따라 집을 비우고 나갔고 썩어진 곱새담은 술이 취한 듯이 반쯤 나가 누웠었다. 또 하나 이날 밤의 모작별은 어느 표독한 사나이의 그림자가 살기에 차서 디펑영감장네 담밑까지 가 멎는 것을 보았다.

그러면 또 밤바람이 나무랄지 모른다. 너구리, 살기, 족제비들을 따라 영감장네 담구멍을 드나든 그는 이날 밤엔 짐승 아닌 사람의 앞장을 서서 와서 영감장네 담장의 잔등을 툭툭 쳐보고 간 것이다.

시생이는 디펑영감장네 담밑에서 살기같이 한번 쌕하고 웃었다. 닭의장이 가까운 쪽으로 가서 담을 넘석해 보았다. 부러 나지막이 발자국 소리를 내고 귀를 기울였다. 담 안에서는 아무 기척도 없었다. 그 무서운 더벙수캐의 눈이 번쩍하지는 않았다. 시생이는 일이 되었다고 마음을 놓았다. '이노무 가이새끼레 나가긴 나갔구나.' 허리춤에 싸가지고 온 찬밥덩이가 울 밤이다. 시생이는 돌에 맞아 죽은 닭의 넋이 도왔다고 생각하였다. 그는 담을 추어넘어서 뜰 안에 내려섰다.

시생이는 닭의장 아래까지 벌렁벌렁 기어왔다. 그것은 두수없이 한 놈의 살기다. 아니면 족제비다. 아닌게아니라 마을에서는 시생이를 족제비라고 하였다. 시생이는 쌕하고 이번에는 정말 족제비가 되어서 사특스러운 숨을 쉬었다. 살기의 숨소리와 웃음치는 소리를 디펑영감장네 닭들이 모를 까닭이 없다. 닭들은 말하는 것 같았다.

"왔다, 왔다."

"정말 왔구나 왔어." 하고

"깨라, 깨라." 이번에는 조금 큰 소리로 또 말하였다. 꾸둑꾸둑, 쌍쌍, 꾹꾹, 꼬이꼬이 닭들은 변이 나서 큰 소리도 못 치고 야단을 한다.

이것을 살기라고 생각한 것은 햇닭들이다. 묵은닭들은 그렇게 사날 없는 살기가 아닌 줄은 알고 있었다. 한잠을 자고 깨어서 장의 살창으로 서쪽 하늘에 넘어가는 모작별을 바라보고 있노라니 두 발 가진 물건의 발자국 소리가 들려왔다. '사람의 발소리로구나' 하고 묵은닭이 곧 생각하였다. 그래서 묵은수닭이 먼저 아노라

고 하였던 것이다. "흥, 오늘밤엔 또 제사가 있구나." 그러나 영
감장은 닭 울 때가 거의 되어서 장 문을 연 제사는 지내지 않았다
고 지나간 일을 잊어버리지 않은 늙은 암탉이 혼자 속으로 생각
을 하였다.

"수상한 일이다!" 옆에서 누가 한숨을 지으며 꼬르륵 하고 말
했다.

게서 꾀바르고 경위 밝고 안사정 잘 아는 늙은 노랑 암탉의
말이

"내일 새벽 영감대기래 당(장)에 갈라구 그르누만!" 그래도
밝는 날이 백리 안에서는 장날 아닌 줄을 이 늙은 짐승이 모르는
것이었다. 그럴 듯한 사정이다. 영감은 날 밝기를 기다려 장으로
가는 때면 닭이 울어 귀신이 깨어나기 전에 관솔불을 들고 나와서
닭들의 눈이 시울게 장 안을 휘둘러보는 것이었다.

그러나 이번이란 발소리는 분명히 났으나 어디 훤한 불빛이란
보이지 않았다.

늦지는 않았다. 암탉은 얼른 불빛이 보이지 않는 데서 눈치를 채
었다. 그래서 얼른 발에 힘을 주면서 일어섰다. 숨찬 소리로 "암
만 해두 수상하다, 일이 나는가부다"고 그는 꼭꼭, 꼭꼭꼭 한 것
이다.

그러고 보니 잘 알 일이 생각났다. 언제인가 옆에서 잠꼬대까
지 하면서 자던 어린것 하나가 어느 보지 않던 시꺼먼 손에게 붙
들려 갈 때도 수상하기가 이러하였다. 혼잣말같이 그는 "그때에
도 떴다 고았건만 소용이 없었는데" 하고 꿀꾸룩하며 도로 주저
앉았다. 이러자 병아리들까지 깨어서 삥 삐양 하며 선잠 투정을 하
고 늙은 닭들은 "이거 어디카노 이거" 하고 걱정을 하였다.

꼭꼭, 꼬루루, 국국…… 잘 끓는 닭들은 이제라도 모두 한꺼번
에 목을 빼고 울어댈 것만 같았다. 그런 때가 와서 디펑영감장이
웃통을 벗고 문을 열어젖힌다면…… 일은 심상치 않았다. 그러나

족제비가 된 시생이게는 궁리가 났다. '이놈의 닭의새끼들을 얼러서 잠을 들게 해야——' 시생이는 닭의장 아래 납작 엎드렸다. 숨을 죽이고 기다리는 것은 어서 장 안의 닭들이 잠을 드는 것이다. 바람이 불어서 들매나무를 떠들어대게 하는 것이다. 손에 짚이는 마른 닭의똥 진 닭의똥을 발진발진 쥐밀면서 시생이는 머리맡에 뚫린 개구멍을 말끄러미 내다보았다.

그때 닭들 가운데서 더러는 생각하였다.

'사람의 발자국이 아니라 떡갈나무의 마른 잎이 굴러왔구나.'

조금 더 사리에 밝은 듯한 영리한 군이 짐작하였다. '아! 영감대기가 밤에 잠이 아니와서 뜨락에 나왔대구나.'

시생이가 닭의장 아래서 잘못하다가는 잠이 들어버리고 말 동안에 닭들은 마음을 탁 놓았다. 그들은 썩 썩 하고 좁은 콧구멍으로 긴 숨을 쉬기 시작하였다. 닭들이 잠이 들었다.

시생이는 때마침 장 아래서 일어섰다. 그는 속으로 '잠도 빨리도 드는 즘생이라니' 하고 그제는 닭과 같이 마음 놓는 숨을 썩하고 살기같이 쉬었다.

시생이는 살그머니 장 문의 빗장을 뽑아놓았다. 그러고는 바른손을 허리춤에다 쑥 넣었다. 시생이의 손이 허리춤 안에서 따끈따끈하도록 더웠다.

장 문을 째꿍 소리도 없이 살근히 열었다. 닭이란 얼마나 의심많고 버릇없고 익살맞은 즘생인가! 홰를 탄 그들이란 문 난 쪽으로 머리 둔 놈, 꼬리 둔 놈, 남의 밑구멍에 제 주둥이를 댄 놈, 남의 주둥이에 제 밑구멍을 댄 놈. 시생이는 손을 장 안으로 넣었다. 문 가까이 꼬리를 둔 놈의 죽지 위에 시생이의 손이 갔다. 남의 살품을 질리는 닭이 즘생은 이 뜨스한 손길이 오는 것을 곁에서 자는 젊은 암탉의 살이 닿는다고 생각하였는지 모른다. 보매는 선꼴로 생긴 이 즘생이 얼마나 살품을 좋아하나! 시생이의 손은 죽지에서 점점 내려가서 앞가슴으로 갔다. 닭에게는 따스한 살품이!

이 짐승의 하나가 그렇게도 좋은 남의 살품 속에서 아주 자버릴 때가 왔다. 시생이 손이 더 올라간 것이다. 닭의 목을 비틀었다. 어둠과 보라는 듯이 시생이의 눈이 부릅떠졌다. 찍 소리도 안 나게 살짝 목을 비틀어놓을 때는 시생이의 웃니가 아랫입술을 깨물었다. 시생이는 아랫도리만 푸득거리는 짐승을 사뿐히 쳐들어 내었다. 시생이의 손에는 맏배 암탉 한 마리가 목이 늘어져서 땅을 향하고 드리워졌다.

장 안에서는 잠들이 깬 모양이었다. 아무 소리도 없이 잠자다가 없어진 군을 수상하다고 눈이 올롱해서 걱정한 것은 곁에서 자던 젊은 암탉이다. 아니 껍질 벗긴 개바주장 같은 것이 쑥 들어와서 잡아 내가는 것을 본 군도 있었으나 이 군은 무서운 생각에 입을 열 힘도 없었다. 맨 구석에서 자던 군들이야 장난꾸러기들이기 쉽다. 그래서 이 패들은 장 복판에서들 수선거리는 것을 알은 체도 아니 하고 '내일 아침이면 다 알 일을 가지고…… 안달뱅이들은 할 수가 없다니' 하고 눈을 뜨려다가 말고 잠을 내 자려 들었다. 일이 어떻게 된 것을 다 알아차린 묵은수탉이 철없는 어린것들을 보고서 부스대지 말고 잠이나 자라고 꼐엑 하고 한마디 하였다. 빠뚜룩한 수염 뻗친 입이 와서만 물고 가지 않은 일이 큰일이라고 그는 목을 쑥 빼고 눈이 둥그래서 다리를 드놓으며 열린 문으로 컴컴한 밖을 내다보았다. '이놈의 영감대기까지 잡혀갔는가부와' 하고 생각하니 도리어 무서운 마음이 들어가고 빼고 있는목줄이 당겨서 움츠려뜨리고 말았다. 눈이 어느 사이에 스르르 감겼다. 꼬리를 걷어올리고 있을 까닭도 없다는 듯이 장털이 스르르 내려처졌다.

별일 없이 닭의장 안은 고요해졌다. 게서 시생이는 손에 쥐었던 닭을 땅에 놓고 한 발로 닭의 목을 꺽 질러 밟았다. 시생이의 손이 또 닭의장 안으로 들어간 것은 두말할 것도 없다. 이번에는 문켠으로 머리를 두고 자는 놈의 앞가슴으로 갔다. 앞가슴에서 모가지

까지는 멀지 않다. 손은 모가지의 고개턱까지 아무 일 없이 올라갔다. 그래서 시생이의 손이 둘째 닭의 모가지를 이번에는 꽉 비틀어놓는데 그리 동안이 오래 걸리지는 않았다. 시생이의 웃니가 아랫입술을 물 것까지도 없었다.

닭의장의 좁은 문으로는 컴컴한 밤에 희그무레한 덩어리가 하나 조심조심히 밖으로 나왔다. 흰닭——살이 졌는지 무쭐한 흰닭이다. 시생이의 손에 집힌 그 멘들미는 암탉의 것이 분명하였다. 기를 펴노라고 뻗치는 발목재기가 팟팟한 것이 묵은닭이기까지 하였다. 시생이는 흐뭇해서 한숨을 쉬었다. 그러면서 속으로 '이놈의 닭의 새끼덜, 오늘은 좀 베찬 살기레 왔다 간다잉' 하고 닭의장에 눈을 할끗 빨은 것은 시생이의 기쁜 노릇이었다. 하나 일이 났다. 닭의장 안이 이번만은 가만 있지 않았다. 맨 먼저 묵은수탉이 궁글은 소리로 께득 하고 소리쳤다. 꼬꼬댁 하고 나이 많은 암탉이 동따랐다. 꼴꼴 꼴꼴 하는 것은 병아리를 떨어치고 자던 어미닭들의 소리, 꼬댁 꼴 하고 마는 것은 병든 어느 암탉의 소리…… 꿱꿱 꿱꿱 하고 힘깨나 쓴다고 뽐내던 젊은 수탉들이 어쩔 줄을 모르고 뒤떠든다. 먼저 나이 많은 것들이 홰를 내렸다. 누군지 한번 '담대하니 홰를 친다. 그리고 꾸꾸 하고 "모두들 구석으로 가 박혀"라고 소리를 친다. 구석에 박혀서 경위 무딘 누구 하나가 "우리 영감대긴 아닌가" 하고 묻는 걸 샴한 갱가도리의 사촌이 "이건 혼나갔나" 하고 꽥 닷질렀다. 죽어도 아깝지 않은 나이라고 문 가까이 목숨을 내대고 엉거주춤하고 섰던 늙은 수탉이 쭈그리고 앉으며 "이놈의 영감대기레 죽었나?" 하고 아직도 바깥세상의 일을 모르고 나오지 않는 디펑영감장을 두고 글탄하였다. 어느 울기 잘하는 암컷이 새삼스럽게 "에구 이걸 어디카노" 하며 꼭꼭 꼬꼬댁 하고 울었다. 그러자 모두들 꿱꿱 꾸루룩, 꾹꾹, 쌍쌍, 삐양삐양 울고불고 소리를 지르고 웅얼거리고들 하기 시작하였다. 홰대에서 발을 구르는 군, 바람벽을 받는 군, 수수깡 바닥을 쪼는 군,

깃을 내두르는 군, 가슴패기에다가 모가지를 파묻고 비비는 군……
닭의장 안은 법석이 일어났다. 아마 옆에 있는 고방의 쥐들도 잠
을 깨었는지 모른다. 도적쥐들은 빈 자루를 메고 혼나 도망을 했
을 것이다.

　시생이는 한 손에 두 마리 닭의 모가지를 꺼쥐고 담을 넘었다.
닭은 죽은 지가 오래다. 개는 날이 새어야 돌아올 것이다. 디펑
영감장은 돌아오는 개보다도 늦게야 잠을 깰 것이다. 밤의 꼭대기
같은 때라 시생이는 조금히 굴 것은 없었다. 죽은 닭을 드리워보
았다 꽁무니에 껴보았다 하며 담비탈을 돌아 새판으로 올라가는
길에 나왔다. 길가 묵은 잿더미에 벋어올라간 호박넝쿨에서 반
딧불이 반긋하고 날아가는 것이 시생이에게는 맞아 죽은 제 닭
의, 그 닭도 병아리의 넋이 와보다가 돌아가는 것이었다. 북두칠
성을 향하고 떨어지는 별떠가 또 귀신과 말하게 된 시생이의 눈
에 띄었다. 그것은 맞아 죽은 제 닭의 그 닭도 묵은암닭의 넋이
담밑까지 못 오고 하늘의 지붕말랭이에서 시생이를 내려다보고 있
다가 돌아가는 것이었다.

　길에 나선 시생이는 닭을 가지고 집으로 갈까 하고 생각하다가
가서는 안된다고 생각을 돌렸다. 디펑영감장만 해도 죽인 닭을 버리
고 갔다. 시생이는 피도 뽑지 못하고 죽은 닭의 피 서린 붉은 고
기를 먹으며 피 서린 마음도 같이 먹었던 것이다. 시생이도 디펑
영감장에게 제 닭의 피 서린 고기를 먹이자고 하였다.

　그래서 시생이는 먼저 햇병아리 한 마리를 산밑에 버리기로 하였
다. 영감이 없어진 닭의 터럭이라도 찾아 산으로 왔다가 죽은 닭
을 들고 돌아가게 하고 싶었다. 영감장은 산짐승을 의심할 것이
다. 물고 가던 밥을 놓고 달아났다고 영감장은 어느 산옆에서 해
바라기나 할 산짐승을 턱없이 비웃을지도 모른다. 버린 닭을 날이
밝기 전에 여우나 삵이 짐승이 영감보다 먼저 주워갈지 모르나
그것은 안개가 끼지 않은 날의 일이고 안개는 이 산짐승들의 운에

달린 것이다. 시생이는 이렇게 생각하면서 한 마리 닭을 힘없이 산 밑에 버리고 돌아섰다.

디펑영감장의 눈이 둥그래지게 할 것이다. 살찐 암탉을 시생이는 이번에는 영감장네 샛더미 아래 틀어넣었다. 아침이면 닭이 없어진 것을 알게 될 영감장은 복샛더미 밑에 사는 족제비가 미안하다고 그는 작시밋대로 샛더미 밑을 들쑤시다가 아니나다를까 죽은 닭을 얻어 들 것이다. '내 닭이 이렇게 되었구나' 하고 죽은 닭을 보고 눈에 홧불이 나서 영감장은 그만 들었던 닭을 팽개치며 욕을 할 것이다.

'이놈의 즘생을 이거 어디카노! 무슨 변꾀디 변꾀야!' 하다가도 욕하고 나는 영감장은 일이 수상하다고 눈을 껌벅거릴 것이다.

'이놈의 즘생이 배레 부른가부디 닭을 물어다만 놓고 먹디 않다니!'

족제비는 사냥으로 돌아오는 길에 제 집 앞에 시생이가 섰는 것을 보고 놀라 달아났을지 모른다. 영감은 욕을 할 때에 족제비는 어느 낯선 조짚가리 아래서 깠다 놓고 온 다람쥐의 뼈다귀를 생각하며 안이 달아할 것인지 모른다.

시생이가 이렇게 디펑영감장네 샛더미 밑에 한 마리 닭을 묻듯이 해버리고 잔솔밭 등성이를 넘어설 때 안팎 마을에서 울어대는 닭의 소리를 들었다.

검은 밤이 갔다. 회연한 새벽이 왔을 때에야 디펑영감장은 닭이 두 마리나 없어진 것을 알았다. 당치않은 개잠을 자고 난 영감장이 토방을 내려설 때 닭의장은 문이 열려 있었다. 분명히 어젯날 해가 채 떨어지기도 전에 닭을 다 올리고 빗장 잠가 닫았던 문이다. 안 그렇다고 했다가는 지금 영감의 엉덩이 위에서 아무 죄가 없노라는 듯이 뿌득뿌득한 마디 굵은 손이 무어라고 말할 것이다. 또 그 닫힌 문을 토방에서 사나운 수캐가 어제라고 안 보았을 까닭이 없다. 영감장은 잘 이런 말을 개에게 하였다.

"담 밖에 다니는 사람까지 짖을 건 멍이유." 담 밖에 나는 인적 기를 짖지 않으면 짖을 일이 없는 개에게 이런 말을 한 것은 영감장 에게는 얼마나 이 개가 든든하니 미더운 것인지 모른다. 그러기에 개가 간밤에 한번도 짖은 일이 없다는 것은 알다가도 모를 일이다. 그리고 또 개소리에는 온몸이 전부 귀가 되어버리는 영감장이다. 개가 짖었건만 듣지 못했다는 건 그건 되다가도 안될 말이다.

영감장은 조무거리를 뿌려주면서 장 안에서 나오는 닭들을 물 마시러 갈 사이도 없게 불러 모으면서 이런 생각을 하였다. 영감 장은 싸물싸물한 닭을 헤었다. 네 번 다섯 번 부르곤 헤곤 하였으 나 닭은 두 마리가 모자랐다. 입을 오므라치고 눈꼽이 끼여서 방 문을 나오는 할미를 보고 영감장은 잿더미로 볼 일 보러 갈 짬도 없게

"할미 닭 좀 헤보샹." 하며 행여나 하였으나 할미는 말했다.

"두 마리 축이 갑메다레."

디펑영감장네 닭이 두 마리가 없어졌다. 영감장은 하늘과 땅과 새벽빛이 모두 인정이 없는 것을 나무라려는 듯이 휘임하니 뿌연 눈을 들어 살폈다. 영감장의 눈이 머물 곳을 찾은 때가 이때다. 토방굽에서 맥이 신신이 빠진 몸을 늘썬하니 하고 전에라 없이 아 침잠을 자면말면 하는 개를 보았다. 영감장의 손에 싸리비가 들리 고 그 비가 곤한 눈을 꿈벅거리는 개에게 달아간 것은 그 뒤 얼 마 아니해서다. 영감장에게는 허물도 죄도 다 드러났다. 닭은 잃 어지고 개는 매를 맞았다. 하나 영감의 속에는 누가 이런 말을 하 였다.

'아무려나 닭의 넋이 작간인데야——' 그러하였다. 산짐승이건 시생이건 날짐승의 귀신이 시킨 노릇인데야! 디펑영감장은 대답 비슷이 속으로 말했다.

'산즘생인지 몰라. 산즘생이기 쉽다. 시생이 놈이야 쫄딸이 떼

문에……'

　잡혀 먹힌 닭을 분명히 어느 산짐승이나 물고 제 굴이나 구멍까
지 안 갔다면 뒷산 넓은댕이에 닭의 지처귀가 남아도 남았을 것이
라고 더펑영감장은 산으로 갔다. 아침 햇살이 구름 뒤로 올라 뻗
는데 산으로 와도 닭 우는 소리는 들리었다. 저 솔포기 밑에서 저
떡갈나무 아래서 저 쩔꽝나무 위에서 꼬꼬하고 피피하고 없어진
자기의 닭들도 울 것만 같이 영감장의 애는 끊겼다.

　산이 부르기나 한 듯이 달아온 영감장은 예서도 닭들이 어느 모
진 입으로 들어간 것만 알았다면 눈물을 핑 머금었을지도 몰랐다.
해도 피묻은 죽지가 보이지는 않았다. 단지 영감장의 눈이 반짝
뜨이게 하이얀 닭의 배털 하나가 이슬 먹은 어느 이름 없는 풀꽃같
이 풀대 위에 고조곤히 붙어 있었다. 시생이의 손에서 닭의 몸뚱
이는 그 풀떨기 위로 떨어졌던 것이다. 잠자는 풀들은 눈을 뜰 사
이도 없이 고개를 눌리고 허리를 지질리고 발을 밟히었다. 이 아닌
밤중의 침해물을 해본다고 어느 영악스러운 풀 하나가 손으로 굴
치고 입으로 물어뜯어서 겨우 배털 하나를 뽑아놓고 만 것이다.

　어둔 밤이 몰라보는 이 희그무레한 덩어리를 하늘의 별들이 수
상하니 내려다보았다. 먼 길들을 가는 한밤 바람들이 가슴에 선
득한 불길한 예감을 느끼면서 얼른얼른 이 희그무레한 덩어리 위
를 눈 감고 지나갔다. 나무들은 아는 길이 없이 한잠이 들었었다.
오직 늙은 자작나무 하나가 잠이 깨어서 눈을 그느슥히 뜨고 이
수상한 밤의 일을 살피고 있었다. 거기에 뒷녘 큰 산의 암여우가
오늘밤도 건넌산의 무덤 파기로부터 돌아오는 길에 이리를 지나
다가 이 희그무레한 덩어리를 보았다. 암여우란 놈, 떡을 본 것은
어디다 조상의 무덤을 묻고 얻는 복인지 모른다. 어인 호박이 뚝
떨어졌는지 모른다. 그리고 이 여우굴 위에 살다가 참월하고 건너
편 바위로 가버린 애꾸눈이 독수리가 이 일을 안다면 얼마나 배
가 아파할지 모른다. 이 밤도 여우는 배가 비어서 어느 인가 근

처로 내려가서 닭의 사냥이나 할까 하다가 산으로 돌아오는 길이었다. 여우는 한번 쿨하고 코를 들어 그어보더니 벌써 다 알아챈 듯이 그 빠장한 상이 방그라졌다. 하늘에 입을 솟고 이틀을 드러내놓고 한바탕 웃었다. 그러면서 이제껏 오래된 무덤가에서 속이 타서 캥캥 하고 운 것이 멋없이 점직해서 오래 더 지랄을 부리지 못하고 입에 듬뿍 닭을 감쳐물고 제 굴로 길향작을 잡았다. 하턱이 빨고 입이 뾰족하면 복이 없다고 늘 제 관상을 흥만 보는 개울 골짜기의 구새먹은 밤나무에 살고 있는 부엉이를 날이 밝기 전에 찾아가서 그놈이 무색하게 냉소를 하리라 하고 생각하니 여우는 기뻐서 깡총깡총 산을 올라갔다.

아침이 무서워서 그러는지 자작나무도 풀잎도 풀대도 누구 하나 디펑영감장에게 이런 말을 해서 들려주지 않았다. 영감장은 산을 비었다 하고 시름없이 내려왔다. 이번에는 집오래를 두루 찾기로 하고 방앗간 뒤 틈새와 조짚가리를 들추어보았으나 닭의 뼈다귀나 털이 보이지는 않았다. 게서 영감장은 생각하였다.

'족제비란 놈은 아늑한 묵은 샛더미 아래 제 집에서 아귀아귀 닭을 먹었을지도 모르지.' 그러나 영감장의 생각이 헛생각이 된 것이다. 디펑영감장은 샛더미 아래서도 죽은 닭의 터럭 한 개나마 얻지 못하였다. 이러한 영감장이기는 하나 족제비를 종작 못할 짐승이라고 나무란 것은 어리석었다. 더욱 어리석은 일은 영감장이 성마른 족제비의 집을 까닭이 닿지 않게 들추어 놓은 것이다.

족제비는 간밤에 제가 한 농간이 있으면 그날 새벽에는 디펑영감장의 작시밋대가 제 집으로 들어오는 것을 보고도 아무 소리 못하고 참는다. 하나 족제비는 간밤에 동무 따라서 삼리가 넘는 아랫마을로 갔다가 뉘 집 '털통' 아래서 텃세 자랑하는 그 고장 족제비하고 한판 대판 싸움을 뜨고 온 것이었다. 일이 좀 달랐다. 족제비는 어서 밤이 오기를 기다려서 디펑영감장의 복수를 닭의 장에다 대고 할 것이었다.

불쌍한 디펑영감장은 뒷개울가의 한증에서 먹고 자고 하는 그 거지 바발할망구의 운수를 모르는 탓이다. 바발할망구에게는 얼마나 운수좋은 새벽이었을까?

할망구에게는 이날 새벽따라 재수도 있었다! 먼 마을로 밥을 얻으러 거지 바발할망구는 훤하니 날이 새자 디펑영감장네 샛더미 곁을 지나갔다. 바발할망구의 휘휘 살피는 눈은 샛더미 아래 삐죽히 드러나 보이는 닭의 모가지를 놓치지는 않았다. 이런 일이 더러 있곤 하였다. 할망구는 눈을 곧바로 뜨고 앞만 보고 길을 걷지 않는다. 그것은 손해인 까닭이다. 가난한 사람들은, 굶주린 짐승들은 그리 길을 재빨리 걸을 필요는 없다. 또 여기저기 하 많이 눈을 파노라면 눈에 뜨이는 것들 가운데는 '재수 좋다'고 할 것이 있을지도 모르는 까닭이다. 그래서다. 바발할망구는 언제나 길을 가면서 한눈을 안 파는 법이 없다. 이리해서 재수를 잡은 일이 많았다. 이날 아침도 그러하였다.

바발할망구는 흐린 눈에 빛이 나도록 기뻤다. 하느님이 곁에 내려오듯이 그는 몸둘 곳을 몰라하였다. 할망구는 닭을 끌어내었다. 그것은 커다란 살진 암탉이었다. 산으로 올라온 닭을 몰래 힘들게 때려잡을 것도 없이 커다란 닭을 그저 길에서 줍는다는 말이! 그리고 닭의 국 국물의 내음새라도 맡아본 지가 까마득한 터에!

거지 바발할망구는 밥을 얻으러 갈 것은 없었다. 닭을 삶아놓으면 그만이다. 할망구는 그래서 오던 길을 도로 한증으로 돌아간 것이다. 디펑영감장이 꿈속에서인 듯이 잃어진 닭을 헬 때 할망구는 귀나간 남비에 코를 대고 문문 오르는 고기냄새에 취하여 있었다.

디펑영감장이 족제비를 나무란 것은 이리하여 어리석은 일이었다.

'죄레 나렸는지 모른다.' 디펑영감장의 이런 생각이 맞았는지 모

른다. '닭을 채간 것이 시생이건 족제비건 살기건 여우건간에 모두 닭의 넋의 작간인데야!'

　영감장의 생각이 더욱 맞았는지 모른다. '하늘도 사정이 없다니! 내 차조밭만 안 버린다면야……'

<朝鮮日報　1935. 8. 11~25>

麻　浦

　사장(沙場)은 물새가 없이 너무 너르고 그 건너 포플라의 행렬은 이 개포의 돛대들보다 더 위엄이 있다. 오래 머물지 못하는 돛대들이 쫓겨 달아나듯이 하구(河口)를 미끄러져 도망해버린다. 나무 없는 건년산들은 키가 돛대보다 낮다. 피부빛은 사공들의 잔등보다 붉다. 물속에 들어간 닻이 얼마나 오래 있나 보자고 산들은 물위를 바라보고들 있는 듯하다.

　개포에는 낮닭이 운다. 기슭 핥는 물결 소리가 닭의 소리보다 낮게 들린다. 저 아래 철교 아래 사는 모터 보트가 돈 많은 집 서방님같이 은회색(銀灰色) 양복을 잡숫고 호기 뻗친 노라리 걸음으로 내려오곤 한다. 빈 매생이가 발길에 채이고 못나게 출렁거리며 운다.

　커다란 금휘장(金徽章)의 모자를 쓴 운전수들이 빈손 들고 내려서는 둔덕을 넘어서 무엇을 찾는 듯이 구차한 거리로 들어간다. 구멍나간 고의를 입은 사공들을 돌아다보지 않는 것이 그들의 예의이다. 모두 머리를 모으고 몸을 비비대고 들어선 배들 앞에는 언제나 운송점(運送店)의 빨간 트럭 한 대가 놓여 있다. 때때로 퐁퐁퐁퐁……거리는 것은 아마 시골 손들에게 서울의 연설을 하는지 모른다.

　여의도(汝矣島)에 비행기가 뜨는 날, 먼 시골 고장의 배가 들어서는 때가 있다. 돛대 꼭두마리의 팔랑개비를 바라보던 버릇으로 뱃사람들은 비행기를 쳐다본다. 그리고 돛대의 흰 깃발이 말하듯이 그렇게 하늘이 무서운 것이 아니라고 생각한다. 이럴 때에 영등포를 떠나오는 기차가 한강철교를 건넌다. 시골 운송점과 정미소에서 내는 신년괘력(新年掛曆)의 그림이 정말이 되는 때다.

"마포는 참 좋은 곳이여!" 뱃사람의 하나는 반드시 이렇게 감탄한다.

흰수염난 늙은이가 매생이에서 낚대를 드리우지 않는 날을 누가 보았나? 요단강의 영지(靈智)가 물위에 차 있을 듯한 곳이다. 강상(江上)에 흐늑이는 나룻배를 보면 「비파행(琵琶行)」의 애끊는 노래가 들리지 않나 할 곳이다.

뗏목이 먼저 강을 내려와서 강을 올라오는 배를 맞는 일이 많다. 배가 떠난 뒤에도 얼마를 지나서야 뗏목이 풀린다. 뗏목이 낯익은 배들을 보내고 나는 때에 개포의 작은 계집아이들이 빨래를 가지고 나와서 그 잔등에 올라앉는다. 기름바른 머리, 분칠한 얼굴이 예가 어딘가 하고 묻고 싶어할 것이 뗏목의 마음인지 모른다.

뱃지붕을 타고 먼산바라기를 하는 사람들은 저 산, 그 너머 산, 그 뒤로 보이는 하이얀 산만 넘으면 고향이 보인다고들 생각한다. 서울 가면 아무멧 산이 보인다고 마을에서 말하고 떠나온 그들이 서울의 개포에 있는 탓이다.

배들은 낯선 개포에서 본(本)과 성명을 말하기를 싫어한다. 그들은 머리에다 커다랗게 붉은 글자로 백천(白川), 해주(海州), 아산(牙山)…… 이렇게 버젓한 본을 달고 금파환(金波丸), 대양환(大洋丸), 순풍환(順風丸), 이렇게 아름답고 길상(吉祥)한 이름을 써 붙였다. 그들은 이 개포의 맑은 하늘 아래 뿔사납게 서서 흰구름과 눈빨기를 하는 전기공장의 시꺼먼 굴뚝이 미워서 이 강에 정을 못 들이겠다고 말없이 가버린다.

<朝光 1935. 11>

편   지

　이 밤 이제 조금만 있으면 닭이 울어서 귀신이 제 집으로 가고 육보름날이 오겠읍니다. 이 좋은 밤에 시꺼먼 잠을 자면 하이얗게 눈썹이 센다는 말은 얼마나 무서운 말입니까. 육보름이면 옛사람의 인정 같은 고사리의 반가운 맛이 나를 울려도 좋듯이 허연 영감 귀신의 호통 같은 이 무서운 말이 이 밤에 내 잠을 쫓아버려도 나는 좋습니다. 고요하니 즐거운 이 밤 초롱초롱 맑게 괸 샘물 같은 눈으로 나는 지금 당신께서 보내주신 맑고 고운 수선화 한 폭을 들여다봅니다. 들여다보노라니 그윽한 향기와 새파란 꿈이 안개같이 오르고 또 노란 슬픔이 냇내같이 오릅니다. 나는 이제 이 긴긴 밤을 당신께 이 노란 슬픔의 이야기나 해서 보내도 좋겠읍니까.

　남쪽 바닷가 어떤 낡은 항구의 처녀 하나를 나는 좋아하였읍니다. 머리가 까맣고 눈이 크고 코가 높고 목이 패고 키가 호리낭창하였읍니다. 그가 열 살이 못 되어 젊디젊은 그 아버지는 가슴을 앓아 죽고 그는 아름다운 젊은 홀어머니와 둘이 동지섣달에도 눈이 오지 않는 따뜻한 이 낡은 항구의 크나큰 기와집에서 그늘진 풀같이 살아왔읍니다. 어느 해 유월이 저물게 실비 오는 무더운 밤에 처음으로 그를 안 나는 여러 아름다운 것에 그를 견주어 보았읍니다. 당신께서 좋아하시는 산새에도 해오라비에도 또 진달래에도 그리고 산호에도…… 그러나 나는 어리석어서 아름다움이 닮은 것을 골라낼 수 없었읍니다.

총명한 내 친구 하나가 그를 비겨서 수선이라고 하였읍니다. 그제는 나도 기뻐서 그를 비겨 수선이라고 하였읍니다. 그러한 나의 수선이 시들어갑니다. 그는 스물을 넘지 못하고 또 가슴의 병을 얻었읍니다. 이 이야기는 이만하고, 나의 노란 슬픔이 더 떠오르지 않게 나는 당신의 보내주신 맑고 고운 수선화의 폭을 치워놓아야 하겠읍니다.

밤이 아직 샐 때가 멀고 또 복밥을 먹을 때도 아직 되지 않았읍니다. 이제 나는 어머니의 바느질그릇이 있는 데로 가서 무새헝겊이나 얻어다가 알록달록한 각시나 만들면서 이 남은 밤을 당신께서 좋아하실 내 시골 육보름밤의 이야기나 해서 보내도 좋겠읍니까.

육보름으로 넘어서는 밤은 집집이 안간으로 사랑으로 웃간에도 맏웃간에도 누방에도 허청에도 고방(광)에도 부엌에도 대문간에도 외양간에도 모두 쩨듯하니 불을 켜놓고 복을 맞이하는 밤입니다. 달 밝은 마을의 행길 어디로는 복덩이가 돌아다닐 것도 같은 밤입니다. 닭이 수잠을 자고 개가 밥물을 먹고 도야지 깃을 들썩이는 밤입니다. 새악시 처녀들은 새옷을 입고 복물을 긷는다고 벌을 건너기도 하고 고개를 넘기도 하여 부자집 우물로 가서 반동이에 옹패기에 찰락찰락 물을 길어오며 별 같은 이야기를 재깔재깔하는 밤입니다. 새악시 처녀들은 또 복을 가져오느라고 달을 보고 웃어가며 살기같이 여우같이 부자집으로 가서는 날쌔기도 하게 기왓골의 기왓장을 벗겨오고 부엌의 솥뚜껑을 들어오고 곱새담의 짚날을 뽑아오고…… 이렇게 허물없는 즐거움 속에 끼득끼득하는 그들은 산에서 내린 무슨 암짐승들이 되어버리는 밤입니다. 그러다는 집으로 들어가서 마음 고요히 세 마디 달린 수숫대에 마디마다 콩 한 알씩을 박아 물독 안에 넣는 밤인데 밝는 날 산끝이라는 웃마디, 중산이라는 가운데 마디, 해변이라는 밑마디의 그 어느 마디의 콩이 붙는가를 보고 그 어느 고장에 풍년이 들 것을 점칠 것입니다. 그러다는 닭이 울어서 새날이 되면 아홉 가지 나물에 아홉 그릇 밥을 먹으며, 먹으면 몸 솔쒜기가 쏜다는 김치와 먹으면 김맬 때 비가 온다는 물을 자꾸 먹고 싶어하는 밥입니다. 이렇게 해서 육보름의 아침이 됩니다. 새악시 처녀들은 해뜨기 전에 동리 국수당의 스무나무가지를 쪄오래서 가시가시에 하이얀 솜을 피우고, 그 솜밭 속에 며칠 앞서부터 스물이고 서른이고 만들어놓은 울긋불긋한 각시와 새하얀 할미를 세워서는 굴통담에 꼽새담에 장독담에 꽂아놓는데, 이렇게 하면 이 해에는 하루같이 목화밭에서 천근 목화가 난다고 믿는 그들이 새옷의 스척이는 소리도 좋게 의좋은 짝패들끼리 끼리끼리 밀려다니며 담장마다 머물러서는 목화 따는 할미며 각시와 무슨 이야기나 하는 듯이 즐거워하는 것입니다.

(닭이 우나?) 아 닭이 웁니다. 나는 이만 이야기를 그치고 복밥을 기다리는 얼마 아닌 동안 신선과 고사리와 수선화와 병든 내 사람이나 생각하겠습니다.

<朝鮮日報 1936. 2. 22>

가재미 · 나귀

동해(東海) 가까운 거리로 와서 나는 가재미와 가장 친하다. 광어, 문어, 고등어, 평메, 횃대…… 생선이 많지만 모두 한두 끼에 나를 물리게 하고 만다. 그저 한없이 착하고 정다운 가재미만이 흰밥과 빨간 고추장과 함께 가난하고 쓸쓸한 내 상에 한 끼도 빠지지 않고 오른다. 나는 이 가재미를 처음 십 전(十錢) 하나에 뱀가웃씩 되는 것 여섯 마리를 받아들고 왔다. 다음부터는 할머니가 두 두름 마흔 개에 이십오 전씩에 사오시는데 큰 가재미보다도 잔것을 내가 좋아해서 모두 손길만큼한 것들이다. 그동안 나는 한 달포 이 고을을 떠났다 와서 오랜만에 내 가재미를 찾아 생선장으로 갔더니 섭섭하게도 이 물선은 보이지 않았다. 음력 8월 초승이 되어서야 이 내 친한 것이 온다고 한다. 나는 어서 그때가 와서 우리들 흰밥과 고추장과 다 만나서 아침 저녁 기뻐하게 되기만 기다린다. 그때엔 또 이십오 전에 두어 두름씩 해서 나와 같이 이 물선을 좋아하는 H한테도 보내어야겠다.

묘지와 뇌옥(牢獄)과 교회당과의 사이에서 생명과 죄와 신(神)을 생각하기 좋은 운흥리(雲興里)를 떠나서 오백 년 오래된 이 고을에서도 다 못한 곳, 옛날이 헐리지 않은 중리(中里)로 왔다. 예서는 물보다 구름이 더 많이 흐르는 성천강(城川江)이 가깝고 또 백모관봉(白帽冠峰)의 시허연 눈도 바라보인다. 이곳의 좌우로 긴

회(灰)담들이 맞물고 늘어선 좁은 골목이 나는 좋다. 이 골목의
공기는 하이야니 밤꽃의 내음새가 난다. 이 골목을 나는 나귀를
타고 일없이 왔다갔다 하고 싶다. 또 여기서 한 오리 되는 학교
까지 나귀를 타고 다니고 싶다. 나귀를 한 마리 사기로 했다. 그
래 소장 마장을 가보나 나귀는 나지 않는다. 촌에서 다니는 아이
들이 있어서 수소문해도 나귀를 팔겠다는 데는 없다. 얼마 전엔
어느 아이가 재래종의 조선말 한 필을 사면 어떠냐고 한다. 값을
물었더니 한 오 원 주면 된다고 한다. 이 좀말로 할까고 머리를
기울여도 보았으나 그래도 나는 그 처량한 당나귀가 좋아서 좀더
이놈을 구해보고 있다.

<朝鮮日報 1936. 9. 2>

東　海

　동해(東海)여, 오늘밤은 이렇게 무더워 나는 맥고모자를 쓰고 삐루를 마시고 거리를 거니네. 맥고모자를 쓰고 삐루를 마시고 거리 거닐면 어데서 닉닉한 비릿한 짠물 내음새 풍겨오는데, 동해여 아마 이것은 그대의 바윗등에 모래장변에 날미역이 한불 널린 탓인가본데 미역 널린 곳엔 방게가 어성기는가, 도요가 씨양씨양 우는가, 안마을 처녀가 누구를 기다리고 섰는가, 또 나와 같이 이밤이 무더워서 소주에 취한 사람이 기웃들이 누웠는가. 분명히 이것은 날미역의 내음새인데 오늘 낮 물기가 쳐서 물가에 미역이 많이 떠들어온 것이겠지.
　이렇게 맥고모자를 쓰고 삐루를 마시고 날미역 내음새 맡으면 동해여, 나는 그대의 조개가 되고 싶으네. 어려서는 꽃조개가, 자라서는 명주조개가, 늙어서는 강에지조개가. 기운이 나면 혀를 빼어물고 물 속 십리를 단숨에 날고 싶으네. 달이 밝은 밤엔 해정한 모래장변에서 달바라기를 하고 싶으네. 궂은 비 부슬거리는 저녁엔 물위에 떠서 애원성이나 부르고, 그리고 햇살이 간지럽게 따뜻한 아침엔 이남박 같은 물바닥을 오르락내리락하고 놀고 싶으네. 그리고, 그리고 내가 정말 조개가 되고 싶은 것은 잔잔한 물밑 보드라운 세모래 속에 누워서 나를 쑤시러 오는 어여쁜 처녀들의 발뒤꿈치나 쓰다듬고 손길이나 붙잡고 놀고 싶은 탓입네.

동해여 ! 이렇게 맥고모자를 쓰고 삐루를 마시고 조개가 되고
싶어하는 심사를 알 친구란 꼭 하나 있는데, 이는 밤이면 그대
의 작은 섬——사람 없는 섬이나 또 어느 외진 바위판에 떼로 몰려
올라서는 눕고 앉았고 모두들 세상 이야기를 하고 지껄이고 잠이
들고 하는 물개들입네. 물에 살아도 숨은 물 밖에 대고 쉬는 양
반이고 죽을 때엔 물 밑에 가라앉아 바윗돌을 붙들고 절개 있게
죽는 선비이고 또 때로는 갈매기를 따르며 노는 활량인데 나는 이
친구가 좋아서 칠월이 오기 바쁘게 그대한테로 가야 하겠읍네.

이렇게 맥고모자를 쓰고 삐루를 마시고 친구를 생각하기는 그대
의 언제나 자랑하는 털게에 청포채를 무친 맛나는 안주 탓인데, 나
는 정말이지 그대도 잘 아는 함경도 함흥 만세교 다리밑에 님이
오는 털게 맛에 헤가우손이를 치고 사는 사람입네. 하기야 또 내
가 친하기로야 가재미가 빠질겐네. 회국수에 들어 일미이고 식해
에 들어 절미지. 하기야 또 버들개 봉구이가 좀 좋은가. 횟대 생선
된장지짐이는 어떻고 명태골국, 해삼탕, 도미회, 은어젓이 다 그
대 자랑감이지. 그리고 한가지 그대나 나밖에 모를 것이지만 공
미리는 아랫주둥이가 길고 꽁치는 윗주둥이가 길지.

이것은 크게 할 말 아니지만 산뜻한 청삿자리 위에서 전복회를
놓고 함소주 잔을 거듭하는 맛은 신선 아니면 모를 일이지.

이렇게 맥고모자를 쓰고 삐루를 마시고 전복에 해삼을 생각하면
또 생각나는 것이 있읍네. 칠팔월이면 으레히 오는 노랑 바탕에
까만 등을 단 제주(濟州) 배 말입네. 제주 배만 오면 그대네 물가
엔 말이 많아지지. 제주 배 아즈맹이 몸집이 절구통 같다는 둥,
제주 배 아뱅인 조밥에 소금만 먹는다는 둥, 제주 배 아즈맹이 언
제 어느 모롱고지 이슥한 바위 뒤에서 혼자 해삼을 따다가 무슨
일이 있었다는 둥……, 참 말이 많지. 제주 배 들면 그대네 마을
이 반갑고 제주 배 나면 서운하지. 아이들은 제주 배를 물가를 돌
아 따르고 나귀는 산등성에서 눈을 들어 따르지. 이번 칠월 그대

한테로 가선 제주 배에 올라 제주 색시하고 살렵네. 내가 이렇게 맥고모자를 쓰고 삐루를 마시고 제주 색시를 생각해도 미역 내음새에 내 마음이 가는 곳이 있읍네. 조개껍질이 나이금을 먹는 물살에 낱낱이 키가 자라는 처녀 하나가 나를 무척 생각하는 일과 그대 가까이 송진 내음새 나는 집에 아내를 잃고 슬피 사는 사람 하나가 있는 것과 그리고 그 영어를 잘하는 총명한 사년생 금(琴)이가 그대네 홍원군 홍원면 동상리(東桑里)에서 난 것도 생각하는 것입네.

<東亞日報 1938. 6. 7>

立　春

　　이번 겨울은 소대한 추위를 모두 천안 삼거리 마른 능수버들 아래 맞았다. 일이 있어 충청도 진천(鎭川)으로 가던 날에 모두 소대한이 들었던 것이다. 나는 공교로이 타관 길에서 이런 이름있는 날의 추위를 떨어가며 절기라는 것의 신묘한 것을 두고두고 생각하였다. 며칠내 마치 봄날같이 땅이 슬슬 녹이고 바람이 푹석하니 불다가도 저녁결에나 밤 사이 날새가 갑자기 차지는가 하면 으레 이 다음날은 대한이 으등등해서 왔다. 그동안만 해도 제법 봄비가 풋나물 내음새를 피우며 나리고 땅이 눅눅하니 밈이 돌고 해서 이제는 분명히 봄인가고 했는데 간밤 또 갑자기 바람결이 차지고 눈발이 날리고 하더니 아침은 또 쫑쫑하니 날새가 매찬데 아니나다를까 입춘이 온 것이었다. 나는 실상 해보다 달이 좋고 아침보다 저녁이 좋은 것같이 양력(陽曆)보다는 음력(陰曆)이 좋은데 생각하면 오고가는 절기며 들고나는 밀물이 우리 생활과 얼마나 신비롭게 얽히었는가.

　　절기가 들 적마다 나는 고향의 하늘과 땅과 사람과 눈과 비와 바람과 꽃들을 생각하는데 자연이 시골이 아름답듯이 세월도 시골이 아름답고 사람의 생활도 절대로 시골이 아름다울 것 같다. 이번 입춘이 먼 산너머서 강너머서 오는 때 우리 시골서는 이런 이야기가 왔다. 우리 고향서 제일가는 부자가 요즈음 저 혼자 밤에 남포불

아래서 술을 먹다가 남포가 터지면서 불이 옷에 닿아 그만 타죽었
다 했다. 평소 인색하기로 소문난 사람인데 술을 먹되 누구와 같
이 동무해 먹지 않았고 전등이나 켤 것이지 남포를 켰다가 변을
당했다고 하는 시비가 이야기에 덧묻어 왔다. 또 하나는 역시 우
리 고향에서 한때는 남의 셋방살이를 하며 좁쌀도 되술로 말아먹
고 지나던 사람이 금광(金鑛)에 돈을 모으고 얼마 전에는 자가용
자동차를 사들였다는 이야긴데 여기에는 또 어떤 분풀이 같은 기
운이 말끝에 채이었다.

　오는 입춘과 같이 이런 이야기를 맞으며 나는 생각했다. 내 시
골서는 요즈음 누구나 다들 입을 삐치거나 솜씨를 써가며 이 이야
기들을 할 것인데 그럴 때마다 돈과 목숨과 생활과 경우와 운수 같
은 것에 대해서 컴컴하니 분명치 못한 생각들이 때로는 춥게 때로
는 더웁게 그들의 마음의 바람벽에 바람결같이 부딪치고 지나가는
즈음에 입춘이 마을 앞벌에 마을 어귀에 마을 안에 마을의 대문간
들에 온 것이라고.

　이런 고향에서는 이번 입춘에도 몇번이나 '보리 연자 갔다가 얼
어죽었다'는 말을 하며 입춘이 지나도 추위는 가지 않는다고 할 것
인가. 해도 입춘이 넘으면 양지바른 둔덕에는 머리칼풀의 속움이
트는 것이다. 그러기에 입춘만 들면 한겨울내 친했던 창애와 썰매
와 발구며 꿩 노루 토끼에 멧돼지며 매 멧새 출출이들과 떠나는
것이 섭섭해서 소년의 마음은 흐리었던 것이다. 높고 무섭고 쓸쓸
하고 슬픈 겨울이나 그래도 가깝고 정답고 흥성흥성해서 좋은 겨
울이 그만 입춘이 와서 가버리는 것이라고 소년은 슬펐던 것이다.

　그런 소년도 이제는 어느덧 가고 외투와 장갑과 마스크를 벗기
가 가까와서 서글픈 마음이 없듯이 겨울이 가서 슬퍼하는 슬픔도
가버렸다. 입춘이 오기 전에 벌써 내 썰매도 노루도 멧새도 다 가
버린 것이다.

　입춘이 드는 날 나는 공일무휴(空日無休)의 오피스에 지각을 하

는 길에서 겨울이 가는 것을 섭섭히 여기지 못했으나 봄이 오는 것을 즐거이 여기지는 않았다. 봄의 그 현란한 낭만과 미 앞에 내 육체와 정신이 얼마나 약하고 가난할 것인가. 입춘이 와서 봄이 오면 나는 어쩐지 까닭모를 패부(敗負)의 그 읍울(悒鬱)을 느끼어야 할 것을 생각하면 나는 차라리 입춘이 없는 세월 속에 있고 싶다.

<朝鮮日報 1939. 2. 14>

▨ 해 설

민족시인 白石의 주체적 시정신

李　東　洵

1

시인 백석이 지금까지 생존해 있다면, 올해로써 76세가 된다. 그와 동시대에 활동하던 많은 문학인들이 맞닥뜨려간 삶이 결코 평범하지 못했던 것처럼 백석 또한 매우 가혹한 시대를 살아갔다. 그러나 백석은 그가 살았던 삶의 혹독함과 문학정신의 치열성에 견주어 볼 때, 그동안 너무도 부당한 매몰 속에서 응분의 진가를 잃어온 것이 아닐까. 분단 이후 이 나라 강토에 비정하게 구축된 냉전체제로 말미암아 문학과 문학인들이 강요받은 심리적 물리적 압박은 엄청나게 큰 것이었다. 무엇보다도 그 과정에서 매우 비범했던 문학인들의 성과를 자의든 타의든간에 상당한 부분을 창고 속에 감금해버리게 된 것이 가장 크나큰 비극이자 손실이 아닐 수 없었다. 백석 또한 이 낡고 비참한 창고 속에 갇혀 있는 시인 중의 한 사람이다. 분단은 우리가 어쩔 수 없었던 현실로 접어둔다 치더라도, 분단 이후의 한국정치사가 민주화의 정로(正路)만이라도 제대로 밟아왔던들 우리 시대가 오늘처럼 민족 주체성의 위기 및 날로 숨통을 죄어드는 외세의 문제, 그리고 신제국주의 세력의 확장 때문에 고통을 겪고 있지는 않았을 것이다. 차제에 우리가 가랑잎처럼 산산이 흩어져 있는 백석의 시편들을 다시 모아 한 권의 책으로 엮어내는 본뜻은 실로 이러한 현실의 안타까움을 극복하 고자 하는 노력과도 연결되어 있다. 그의 시는 한마디도 민족주체를 말하지 않았지만 같은 시대 어느 누구의 시보다도 더욱 진한 민족주 체의 정신적 토양을 확고히 끌어안고 있었으며, 이러한 그의 작업은 거의 몸부림에 가까운 것이었다.

문학에서 일반적으로 요구되어지는 민족주체의식의 부피는 그 작품 이나 작가의 가치판단 의식에서 일단 제기되는 문제일 터이다. '주체' 라는 말과 동류항으로 들 수 있는 낱말을 보면 본래, 고유, 토착, 원형 따위가 있다. 이에 대한 대립항으로서의 낱말은 외래, 이질(異質), 변 형, 박래(舶來) 따위가 될 것이다. 분단 40년 동안 우리 문화는 주체 적인 정신의 맥을 스스로 망실하는 과정을 걸어왔다 해도 과언이 아니 다. 어쩌면 이다지도 엄청나고 몰지각한 변화가 있었으며, 그 변화의 격량 속에서 우리는 대체 우리의 본래적인 생명력, 즉 민족주체를 지 키려는 어떠한 각성과 노력을 했단 말인가. 혹시 문화교류라는 허울 속 에서 관계의 형평은 깨어지고 우리들 자신의 손으로 우리의 주체성을 파괴한 적은 없었던가. 이 주체성이 문학에서 참주체성이 되려면 단 지 그것의 관념에만 충실하는 기본적 덕목에만 머물러 있지 않고, 작 품이나 작가의 활동이 행동성과 실천성으로까지 이어져야 한다. 사회 적 객관적인 구성에 참가하는 개개의 주체가 객체의 부정적 현상 속 에 투입되어 마침내 주체로서의 자각과 긍지를 가지지 못한다면, 그 때 남아 있는 것은 객체의 노예로 충실히 복무하면서 포로가 되어버 린 볼썽사나운 주체의 몰골일 뿐이다. 이미 주체는 주체로서의 생명 력을 잃어버리고 최소한의 자기극복의 기능조차 갖지 못한다. 그것을 우리는 폐쇄적 노예문화라 규정한다.

최근 필자는 중공땅에 거주하는 재만 한인동포들의 시집을 읽고 큰 감동을 느낀 적이 있다. 그 감동은 곧 다름아닌 당당한 주체성의 문제

이니, 현재 국토의 남쪽에서도 북쪽에서도 거의 망실되고 없는 우리 본
래의 어떤 그 무엇(언어, 문화, 생활정서, 습속, 의식의 주체성이라
고도 할 수 있는)을 이역땅에서 군집을 이루어 살아가는 그들의 문학작
품 속에서 오히려 명료하게, 그리고 가슴 뜨겁게 맛볼 수 있었기 때문
이다. 마치 일제시대에 쓰어진 백석의 시를 통하여 우리가 민족의 주
체적 정서를 새삼 느껴볼 수 있는 것처럼…… 그러므로 민족문학이란
민족의 주체적 자아가 살아 있거나, 그것을 압살하려는 외압에 능동
적으로 길항(拮抗)하면서, 더욱 그것을 살리기 위해 다각적으로 애쓰
는 문학이다. 우리가 전집을 통하여 확인할 수 있는 백석의 외세에
대한 대응방법은 몸으로써의 행동이 아니라 언어로써의 길항이다. 민
족언어의 뿌리조차 말살하고자 획책했던 일제의 간교한 광적 파쇼적
불법성 앞에서 그는 끝끝내 모국어정신——어쩌면 방언주의라고도 할
수 있는——으로 버티었다. 문학에서 이러한 유형의 방언주의가 얼핏
몸으로써의 행동보다 품질이 떨어지는 현실대응이라 속단해버리는 견
해를 우리는 쉽사리 수긍하지 않는다. 자기시대의 비법성(非法性)과
부조리에 대응하는 시인의 태도와 방법이 반드시 몸으로써의 행동일
수는 없는 것이며, 또 시인은 끝끝내 언어를 통해서만 자신을 완결하
는 사람이기 때문이다. 시인의 언어가 그 언어 속에 내재한 정신과
일치를 이루지 못할 때, 그것이 저절로 저급한 기교주의와 몰가치의
품수로 떨어져버리는 경우를 우리는 진작 수없이 보아오지 않았던
가. 백석의 방언주의는 민족주체성의 확보와 모든 동족 사물들 사이
의 관계의 합일에 목표를 두었고, 그 목표의 문학적 실현을 위하여
그는 자신의 시정신을 불태웠다. 따라서 우리는 앞으로 백석의 이름
앞에 민족시인이라는 칭호를 마땅히 붙여서 그를 경배해야 할 의무를
지닌다.

2

백석의 시에 전반적으로 나타나 있는 가장 중요한 정신은 시적 대

상으로서의 자연과 행위주체자로서의 인간(자아)이 결코 분리되어질 수 없는 '하나'라는 사실이다. 여러 개의 서로 다른 사물들이 공동의 터전에서 공동의 운명을 겪으며 살아간다는 생각은 바꿔 말하면 삶의 소중한 친교의식, 즉 공동체의식과 다름없다. 백석의 시에는 무수히 많은 사람과 사물들의 명칭이 출현하지만 이들은 결코 서로가 분리개념이 아닌, 합일을 기다리며 모여 있는, 혹은 이미 합일되고 있거나 오래 전에 합일되어진 사물들이다. 이 사물들의 배경은 주로 농촌공동체적인 것으로 한정되어 있다. 왜냐하면 이 합일의 정신적 양식은 정략적으로 계층간의 구별과 생활공간의 구획을 완전히 지배자의 뜻으로만 묶어놓았던 식민지의 도시환경 보다도 농촌공동체에서 한층 질게 유지되고 있기 때문이다. 이는 일제의 제도적 동화정책 과정에서 도시보다 농촌이 생활문화의 전통적 특수성을 비교적 온존할 수 있는 여건을 가지고 있었음을 나타내준다. 식민지의 규범화, 규격화, 구별화의 강압적 개편이 농촌 쪽으로 차츰 침식되어가는 현실 속에서 백석은 농촌공동체의 합일지향적 정서를 문학에서 재구성해내는 작업이야말로 시인이 민족의 주체적 자아를 보존할 수 있는 가장 적절한 활동영역이라 여겼던 듯하다. 백석이 생각한 주체적 자아 보존의 방법은 특정한 관념을 환기하기보다는 오히려 시인이 도려낸 장면을 아무런 수식없이 선명하게 보여줌으로써 작품이 풍겨내는 정감과 분위기를 독자 스스로 끌어안도록 한다.

그러므로 백석의 시들은 대부분 자신의 삶의 터전에 대한 깊은 애착에서 시작되는 것들이 많다. 이러한 태도는 시인 자신이 모든 동족적 사물들과의 융합을 꿈꾸는 합일의례(合一儀禮)적 성격을 나타낸다. 백석의 시가 꿈꾸는 합일의 세계는 구체적으로 무엇과 무엇의 합일인가. 그것은 (1) 균등과 원형보존의 정신을 대전제로 해서 생존과 죽음의 구별을 허물어뜨리는 합일 (2) 모든 살아 있는 것들끼리 더욱 하나가 되게 하는 합일 (3) 계층간의 구별을 허물어뜨리는 합일 (4) 주체와 객체 간의 구별을 허물어뜨리는 합일 (5) 식물질을 위주로 하되, 동물질의 폭력성까지도 식물질에 흡수시키는 합일 (6) 사소한 사물에 대한 깊은 애착에서 보여주는 합일 등으로 나누어 볼 수 있을 것이다. 백석시의 전편을 통틀어 이 합일의 정신을 가장 성공적으로 밀도 있게 다루고 있는 작품은 아마도 「모닥불」이 아닌가 한다.

　새끼오리도 헌신짝도 소똥도 갓신창도 개니빠디도 너울쪽도 짚검불
　　도 가락잎도 머리카락도 헌겊조각도 막대꼬치도 기와장도 닭의짖
　　도 개터럭도 타는 모닥불

　재당도 초시도 門長늙은이도 더부살이 아이도 새사위도 갓사둔도
　　나그네도 주인도 할아버지도 손자도 붓장사도 땜쟁이도 큰개도
　　강아지도 모두 모닥불을 쪼인다

　모닥불은 어려서 우리 할아버지가 어미아비 없는 서러운 아이로 불
　　상하니도 몽둥발이가 된 슬픈 역사가 있다

——「모닥불」 전문

이 시는 '모닥불'이라고 하는 합일의례의 공간 속에서 작품에 등장하는 모든 개체적 사물들이 혈연관계로 결합된 가족의 집합체, 즉 하나의 확대가족 개념으로 군단화(群團化)되어가는 과정을 보여준다. 즉 혈연관계가 없는 헌신짝, 붓장수, 땜장이 등의 합성집단까지도 조부와 부모, 그리고 손자에 이르는 단계적(單系的) 친족집단으로 수렴되고 있는 것이다. 이 시대에서의 '모닥불'은 삶의 훈기를 촉발시키는 기폭제일 뿐 아니라, 모닥불의 주변은 모두가 함께 그 훈기를 나누어 가질 수 있는 공존공생의 장소이다. 작품의 1연과 2연에 등장하는 사물들에는 제각기 특수조사 '～도'가 붙어 있는데 이것은 이 사물들 중 어느 것도 모닥불 앞에서 모두가 하나같이 소중하고 평등한 존재임을 말해준다. 첫연에서는 생물과 무생물의 구별이 없되 유년체험과 가장 맞닿아 있는 사물들이 모닥불의 질료가 된다. '헌신짝' '소똥' '갓신창' '개니빠디' '너울쪽' '짚검불' '가락잎' '머리카락' '헌겊조각' '막대꼬치' '기와장' '닭의짖' '개터럭' 등은 실생활에서

거의 쓸모없게 되어버린 것들이다. 가장 하잘것없고 사소한 것들이
모여서 이처럼 따뜻한 모닥불을 이루어낸다는 것이다.

2연은 이러한 모닥불의 따뜻함을 나누어 갖는 분배대상의 나열이
다. 주체와 객체, 계층과 계층 간의 위화감이 전혀 느껴지지 않는다.
'재당' '초시' '문장늙은이' '더부살이 아이' '새사위' '갓사둔' '나
그네' '주인' '할아버지' '손자' '붓장사' '땜쟁이' '큰개' '강아지'
등의 열거는 단순한 배열이 아닌, 평등사상의 암시이다.

『백석시전집』에 등장하는 거의 대부분의 인물 유형은 사실상 이러
한 사상성의 암시와 관려되어서 읽혀져야 한다 그들 대부분이 빈농
출신이거나 혹은 농업공동체에 기반한 소외계층들이라는 점에 독자들
은 주목해야 할 것이다. 시 「모닥불」의 2연의 세계는 모든 살아 있는
존재들끼리 모닥불을 피우고 그 불의 따뜻함을 함께 분배받으며 그것
으로 더욱 하나가 되어가는 세계이다. 백석은 이 2연에서 물질공유
(物質共有)의 사상을 은근히 풍기면서, 합일의례라는 행위의 극치로
독자를 이끌고 간다.

이어서 3연은 역사의 비극성과 그 내력에 대한 비유이다. 3연에서
2연까지 유지되던 합성집단의 개념, 즉 너와 나의 구별의식이 완전히
소멸되고 이미 확대가족 개념으로 모든 존재가 군단화되고 있다. 그
러한 뜻을 '우리'라는 대목에서 뚜렷이 느낄 수 있다. 웃대 조상들의
비극적 삶을 떠올리면서 식민지적 조건과 결부된 현재의 비극적 삶이
웃대의 그것과 결코 무관한 것이 아님을 알려준다. 하지만 우리가 이
시에서 결코 가볍게 보아서 안될 것은 '어미아비 없는 서러운 아이'
로 '불쌍하니도 몽동발이'가 되어서도 할아버지의 세대는 살아왔고,
또 지금도 비록 불구상태이긴 하지만 끈질기게 살아가고 있다는 튼튼
한 생명력에 대한 암시이다.

이 시에서 '모닥불'의 상징성은 합일의례의 공간이자 동시에 집단원
공유의 영역이었다. 원시농경사회에서 이 고유영역만큼은 그 누구에게
도 침해받을 수 없는 완전한 집단 공용(共用)의 것이었다. 이것은 어
면 개인이나 집단이 타집단에게 양도할 수 있는 성질의 것이 아니며,

또한 다른 집단원들의 약탈이나 점거는 즉각 부당하고도 불법적인 폭거로 규정된다. 그리하여 『백석시전집』을 대표할 만한 정신으로 「모닥불」은 떠오르게 되었고, 이 모닥불의 사상을 통하여 백석은 식민지 체제의 불법성과 강압적 문화혼혈정책의 폭력성에 맞설 분명한 근거를 스스로 마련하게 되었던 것이다.

시 「모닥불」이 비극적 정서와 그 사물에 기반한 것이라면 「연자간」과 「백화(白樺)」에 장치된 시적 구성의 소도구와 서정은 꽤 희극적이다 할 수 있을 만큼 생동감과 발랄한 활기로 넘친다.

> i) 달빛도 거지도 도적개도 모다 즐겁다/풍구재도 얼럭소도 쇠드랑볕도 모다 즐겁다/도적괭이 새끼락이 나고/살진 쪽제비 트는 기지개 길고/홰냥닭은 알을 낳고 소리치고/강아지는 겨를 먹고 오줌 싸고/개들은 게모이고 쌈지거리하고/놓여난 도야지 둥구재벼 오고/송아지 잘도 놀도/까치 보해 짖고/신영길 말이 울고 가고/장돌림 당나귀도 울고 가고/대들보 우에 베틀도 채일도 토리개도 모도들 편안하니/구석구석 후치도 보십도 소시랑도 모도들 편안하니
>
> ――「연자간」 전문

> ii) 산골집은 대들보도 기둥도 문살도 자작나무다/밤이면 캥캥 여우가 우는 山도 자작나무다/그 맛있는 모밀국수를 삶는 장작도 자작나무다/그리고 甘露같이 단샘이 솟는 박우물도 자작나무다/山너머는 平安道땅도 뵈인다는 이 山골은 온통 자작나무다
>
> ――「白樺」 전문

i)은 연자방앗간 내부의 광경을 묘사한 것이다. 기법상 그의 시 「모닥불」의 구성투를 방불하게 하는 점이 있다. 시인은 연자간이라는 합일공간을 빌어서 달빛, 거지, 도적개, 풍구재, 얼룩소, 쇠스랑볕, 대들보 위의 베틀, 차일, 토리개, 후치, 보습, 쇠스랑 등의 서로 다른 사물들을 경쾌하고도 안락한 행복감으로 합일시키고 있는 것이다.

ii)에서 모든 개별적 사물들은 외부세계에 아무렇게나 휑뎅그렁하게

내버려져 있지 아니하고, '자작나무'라는 합일공간으로 일제히 도란 거리며 모여드는 정감어린 사물들이다. 이 시기 백석의 시작품에서 나타나는 매우 특이한 현상은 그가 민중생활사와 민족주체적 정서에 대한 보다 확실한 감각을 가지게 되었다는 것과, 당시의 시단 풍토로 보아선 매우 보기 드물게 민요적 율조에 관심을 갖고, 실제로 창작민 요를 만들어내기까지 했다는 점이다. 전자의 경우로 「산숙(山宿)」을 손꼽을 수 있고 후자에 해당하는 것은 「대산동(大山洞)」 계열을 들 수 있다. 방황기 시인의 시에서 흔히 보는 유랑민의식의 일단이 「산 숙」의 무렵에서부터 조금씩 나타나고 있기도 하지만, 민중적 삶을 지 향하는 시인의 보다 긴밀한 연대를 이 작품에 이르러 드디어 확고하 게 갖게 된 것으로 보인다.

旅人宿이라도 국수집이다
모밀가루포대가 그득하니 쌓인 웃간은 들믄들믄 더웁기도 하다
나는 낡은 국수분틀과 그즈런히 나가 누어서
구석에 데굴데굴하는 木枕들을 베여보며
이 山골에 들어와서 이 木枕들에 새까마니 때를 올리고 간 사람들
  을 생각한다
그 사람들의 얼골과 生業과 마음들을 생각해본다

———「山宿」 전문

이 시에서 그가 시집 『사슴』의 세계에서부터 줄곧 이끌어오던 합일 지향의 정서가 식민지 피지배민중의 현실과 떠도는 삶 속으로 더욱 긴밀히 자리잡음으로써 「산숙」 이후의 시들에 훨씬 민중적 감수성의 밀도를 더하게 되었다고 할 수 있다. 비교적 초기작에 속하는 「여승 (女僧)」 「성외(城外)」 등의 시편에서 간간이 배음(背音)으로만 느껴지 던 식민지 상황이 빚어낸 가혹한 가족구조의 붕괴와 유망민(流亡民) 적인 참담한 슬픔이 「산숙」의 세계에 와서 한층 구체화되고, 드디어 시 「팔원(八院)」에 이르러서는 한 토막의 스크린처럼 가장 감동적이

고 선명한 장면으로 그것을 나타내 보여준다.

　　차디찬 아침인데
　　妙香山行 乘合自動車는 텅하니 비어서
　　나이 어린 계집아이 하나가 오른다
　　옛말속같이 진진초록 새 저고리를 입고
　　손잔등이 밭고랑처럼 몹시도 터졌다
　　계집아이는 慈城으로 간다고 하는데
　　慈城은 예서 三百五十里 妙香山 百五十里
　　妙香山 어디에서 삼촌이 산다고 한다
　　쌔하얗게 얼은 自動車 유리창 밖에
　　內地人 駐在所長 같은 어른과 어린아이 둘이 내임을 낸다
　　계집아이는 운다 느끼며 운다
　　텅 비인 車안 한구석에서 어느 한 사람도 눈을 씻는다
　　계집아이는 몇해고 內地人 駐在所長 집에서
　　밥을 짓고 걸레를 치고 아이보개를 하면서
　　이렇게 추운 아침에도 손이 꽁꽁 얼어서
　　찬물에 걸레를 쳤을 것이다

　　　　　　　　　　　　　　　——「八院」전문

　시 「팔원」을 읽으면서 우리는 그동안 국토의 남쪽에서만 살아온 우리가 거의 잊어가고 있는 ‘북방정서’라는 것에 대하여 곰곰히 생각해보지 않을 수 없다. 분단 40여 년이 가져다준 가장 안타깝고도 몹쓸 악성 부산물 중의 하나가 국토를 생각하는 심정적 자아위축일 것이다. 우리 주위의 혹자는 38 이남의 땅만을 스스럼없이 우리나라라 일컬으며 그러한 잘못된 사고방식으로 반동강지도를 만들어 우리나라 지도라 이름붙여 팔며, 심지어 언론인들조차 화진포, 백령도 부근이 우리 국토의 최북단이라 공공연히 말하는 경우를 이따금 본다. 이런 상태로 얼마를 더 지난다면 드디어 38 이북을 우리들 자신의 기억 속에서 아주 지워버리게 될 날이 오게 될는지도 모른다. 이 얼마나 스스로 경계하고 두려워해야 할 위험한 생각인가. 우리가 고향이 북쪽

인 백석의 풍물시를 읽어야 하는 이유는 실로 이러한 안타까움과도
이어져 있는 것이니, 백석의 시는 이미 수십 년 전에 쓰어진 시이지
만, 지금에도 여전히 새로운 빛을 뿌리며 그 가치를 반짝이고 있는
것이다. 민족의 주체적 정신을 회복하는 길은 잃어버린 나의 몸과 영
혼의 반동강을 다시 되찾아 붙여 막힌 숨통을 본래대로 시원히 트게
하는 노력 여하에 달려 있다 해도 지나침이 없을 것이다. 백석의 시에
서 우리는 종래의 우리 시가 거의 다루지 않고 있거나 설령 다루고자
해도 경험의 제약과 자료의 궁핍 때문에 의욕조차 내지 못하고 있던
방언학, 민속학, 조리학, 식물학, 생태학 쪽의 놀라운 자료들과, 풍
부한 북방정서의 실체를 포착한다. 우리는 백석의 시를 통해서 잃어
버린 고토(故土)와 튼튼한 민족주체의 정신세계에 간접적으로나마 도
달해볼 수가 있는 것이다.

> 거리는 장날이다
> 장날거리에 녕감들이 지나간다
> 녕감들은
> 말상을 하였다 범상을 하였다 쪽재피상을 하였다
> 개발코를 하였다 안장코를 하였다 질병코를 하였다
> 그 코에 모두 학실을 썼다
> 돌체돋보기다 대모체돋보기다 로이도돋보기다
> 녕감들은 유리창 같은 눈을 번득거리며
> 투박한 北關말을 떠들어대며
> 쇠리쇠리한 저녁해 속에
> 사나운 즘생같이들 사려졌다
>
> ――「夕陽」전문

매우 희극적이고도 코믹한 영화의 한 장면을 보는 듯한 느낌이 드
는 이 시에는 그러나 눈물겨운 주체의 정서가 마디마디 서리어 있다.
우스꽝스럽게 생긴 북관지방의 노인들이 그들만의 투박한 방언을 한
바탕 왁자지껄하게 지껄이며 지나간 뒤의 소란한 고요…… 백석시의

기법은 시 「석양」에서 보는 바와 같이 다분히 현장적 생동감을 중시
하면서 여러 유형의 이미지들을 다채롭고도 능란하게 구사한다. 그의
시는 대체로 짧은 토막말로 된 형태가 많은데, 이것은 그가 처음부터
짧은 형태를 좋아했다기보다는 매우 긴 사설조의 초고에 최대한의 자
기억제를 가한 정련(精鍊) 끝에 이루어진 모습으로 보는 것이 옳다.
한 예를 들면 시 「산지(山地)」는 1935년 『조광(朝光)』 창간호에 발표
했던 처음의 형태가 7연 14행의 구성이었다. 그런데 이것을 다시 시
집 『사슴』에 재수록하는 과정에서 제목이 바뀌어지면서 격렬하다고
할 정도의 축약이 가해져 결국 3연 3행의 「삼방(三防)」으로 탈바꿈했
다. 가히 환골탈태(換骨奪胎)라 할 만하다. 한편 백석의 시에서 짧은
행으로 토막지은 구분보다는 오히려 행구분을 소멸시켜버린, 즉 하나
의 매우 긴 행 자체로서 하나의 독립된 연의 구실을 하게 하는 방법이
훨씬 자연스러운 느낌을 줄 때가 있다. 이것은 행구분을 소멸시키는
방법이 시의 서사성과 완결성을 감당해낼 수 있는 형식으로 보다 적
절하다는 판단이 작용했기 때문이다. 백석은 1940년 9월에 토마스 하
디의 장편소설 『테스』를 번역 출판하였는데, 그의 번역태도를 평가한
어떤 글에서도 '대체로 축자역(逐字譯)이 이루어져 외형 내용 병중
(併重)의 품이 갖춰져 있다.'(김병철, 『한국근대번역문학사연구』 815면)
고 할 만큼 문장에서의 불필요한 자구나 설명에 대해서는 거의 완벽
하다고 할 정도의 소멸을 기하였다.

　백석의 시는 이야기의 수용과 그것에 걸맞는 문체를 가지고 있다.
그가 자신의 시에서 익숙하게 사용하는 '시골사람이 쓰는 말 그대로'
의 어법은 결코 단순한 시도가 아니다. 그 어법은 모국어의 지역성과
향토성을 가장 질게 풍기는 것이었고, 이러한 어법을 강조하는 것이
야말로 식민체제의 폭력적 구조에 길항해갈 수 있는 독자적 방언이
되었다. 이러한 백석의 시를 일찍부터 정확히 읽어낸 사람은 시인이
자 평론가였던 박용철(朴龍喆)이었다. 그는 백석의 시를 "전반적으로
침식받고 있는 조선어에 대한 혼혈작용 앞에서 민족의 순수를 지키려
는 의식적 반발의 표시"로 보았다.

백석은 자신의 시에 관한 가장 짧막한 한 줄의 아포리즘조차 남기지 않았다. 하지만 우리는 백석이 번역해서 발표한 바 있는 제임스 조이스에 관한 글 가운데에서 그의 창작방법에 관한 일종의 암시를 얻는다. 그 번역문 중의 몇토막을 다음에 옮겨보자.

   i) 애란(愛蘭 : 아일랜드)어에 의한 애란문학은 애란의 봉건씨족사회의 몰락과 같이 사멸하고 말았으니 그때란 바로 애란의 상류계급이 영국식민들과 제휴하기 시작한 때였다.
   ii) 그리하여 애란어를 말하는 애란은 오직 애란의 극서(極西)지방에만 보존되었었다.
   iii) 애란농부들의 말 가운데 나오는 모든 영어의 정신과는 빙탄(氷炭)의 관계에 있는 것들을 극력 강조하고 또 이런 것들을 논리적인 조화된 체계 속으로 집어넣어서, 그는 그 독자의 문학적 방언을 창조하였다.
   iv) 조이스는 외부의 세계를 사실(寫實)하는 데 놀라울만치 '리얼'한 힘을 가진 것으로 유명하거니와 그 힘을 주는 것은 곧 이 정확성이다.

인용문 i)은 이상하게도 백석의 창작방법에 남다른 관심을 갖는 독자들로 하여금 '조선어에 의한 조선문학은 조선의 봉건씨족사회의 몰락과 같이 사멸하고 말았으니 그때란 바로 조선의 매국적 상류계급이 일제 식민침략자들과 제휴하기 시작한 때였다'로 읽게끔 한다.
인용문 ii)는 또한 우리가 그것을 백석의 관점에서 읽을 때 야릇하게도 '조선어를 말하는 조선은 오직 식민지조선의 관서지방에서만 보존되었다'의 문맥으로 바뀌어져 다가온다. 인용문 iii)과 iv)도 이러한 방법으로 재독되어질 수 있다. 백석은 모국어의 심각한 위기를 우려하면서 모국어의 질서가 그나마 간신히 유지되고 있는 곳은 궁벽한 시골, 즉 백석의 시에서 구체적 공간배경이 되고 있는 농촌, 산촌, 어촌이라 보았던 것이다.

3

제국주의의 조직적 파괴공작이 날로 가중되던 가혹한 시대와의 맞닥뜨림은 백석시의 개성을 오히려 튼튼하게 꽃피워내게 한 훌륭한 토양이 되었다. 열악한 환경 속에서의 모국어의 기능은 모든 피학적 존재들간의 정서적 공감과 매개의 끈으로서 소중한 자산이며, 또한 우리들 자신이 곧 민족공동체, 문화공동체로서의 매우 중요한 구성원이라는 사실을 강력하게 일깨워준다. 모국어를 사용하는 주체는 다름아닌 그 나라 공동체의 구성원인 것이다. 백석의 시는 민족 주체성이 망가뜨려진 시대에서 고향의식과 그 끈질긴 생명력을 팽팽히 응집하여 나타냄으로써 꺼져가는 이 나라 모국어시의 명맥을 되살려내었다. 이 점은 온갖 풍상을 겪을 대로 다 겪고 나서 홀로 저녁눈을 맞고 서 있는 '그 드물다는 굳고 정한 갈매나무'(「南新義州 柳洞 朴時逢方」)의 정신세계로 훌륭히 표상된다.

백석은 무너진 시대 안에서의 주체적 정서와 자아를 모국어로써 견결히 유지하려 하였고, 이러한 그의 어법은 실제로 청록파 계열을 비롯한 『문장』지 출신 시인들과, 윤동주를 포함한 당대의 젊은 시인들에게 깊은 영향을 주었다. 백석의 시에서 집요할 정도로 유지되고 있는 주체적 자아 복원의 시정신은 그것이 상실의 시대를 배경으로 이루어지고 있다는 점에서 새로운 평가를 받아야 한다. 근 일백 년에 가까운 한국 현대시문학사의 전개과정에서 본질적 토착적 가치보다도 외래적 이질적 가치가 더욱 기승을 부려온 종래의 우리 문단풍토를 겸허하게 반성할 때, 백석시의 정서는 매우 신선하고 건강한 감수성으로 새롭게 떠오르게 된다. 민족시인 백석의 시가 나타내 보여주는 문체, 율격, 소재, 형태 등에 깃들여 있는 내재한 정서의 독자성은 오늘의 우리 시가 그것을 어떻게 수렴하고 의의를 되새겨 가느냐에 따라 풍토의 고질성에 긍정적 변화를 가져오게 하는 유익한 묘약의 기능이 될 수도 있다. 그 어느 때보다도 민족언어의 질서가 흩어지고, 제국주의적

이질문화에 의한 오탁(汚濁)이 심각하게 우려되는 현단계에서, 우리
는 가장 주체적 능동적으로 순정한 모국어의 정신을 지키려고 무너진
시대를 혼자 버티어가던 한 시인의 고독하고 눈물겨운 노력을 다시
금 생각해보게 되는 것이다.

〔추기〕

이 전집에 실린 시는 94편으로, 제목만 확인된 채 본문을 입수하지
못한 「내가 생각하는 것은」까지 포함하면 현재까지 알려진 백석의 시
작품은 모두 95편이다. 그러나 앞으로도 자료의 정리 여하에 따라 그
의 시는 몇편 더 추가될 가능성이 있다.

그동안 책의 제작과정중에 「마을은 맨천 구신이 돼서」와 「산」 등 시
를 두 편이나 더 찾아내어 흔쾌히 제공해준 최두석 시인, 여러 가지로
유익한 도움말을 준 김명인 교수에게 감사를 드린다.

이 책에서 작품 본문의 소중함은 두말할 나위가 없지만, 무엇보다
도 편자는 부록으로 수록한 '낱말 풀이'에 세심한 주의와 노력을 기
울였다. 아직 미비하고 여러 군데 착오도 예상되는 터이지만 이 낱말
풀이는 앞으로 백석시의 어석(語釋)연구에 상당히 귀한 디딤돌이 되
리라고 믿는다. 이 낱말 풀이 작업을 위하여 충북대학교 국문과의 곽
충구 교수, 박경래 선생이 자료를 빌려주고 고견을 들려주었다. 특
히 박선생은 수년 전 한국정신문화연구원에 있으면서 『평북방언사전』
(김이협 지음)의 편찬에 직접 간여했던 분으로 그의 도움이 컸다. 산
문을 원고지에 다시 옮기고 무수한 낱말들을 일일이 카드로 만들어준
곽진섭 조교, 재학생 류택순·이선희·조현미 양의 수고 또한 잊을 수
없다. 이 모든 노력이 있었더라도, 창비사 주간 이시영 형의 깊은 뜻
과 편집부 김이구씨의 자상한 손길이 없었다면 이 책은 쉬 빛을 보기
가 어려웠을 것이다. 이 모든 분들이 힘을 합하여 작지만 뜻있는 이
책을 펴내었다.

白石 연보

1912년(1세) 7월 1일 평북 정주군(定州郡) 갈산면(葛山面) 익성동 (益城洞)에서 수원(水原)백씨 백용삼(白龍三)씨의 장남 으로 태어남. 본명은 기행(夔行). 필명은 백석(白石, 白 奭). 부친은 한국 사진기술사의 초창기적인 인물로『조 선일보』의 사진반장을 지냈으나, 퇴임 후에는 낙향하여 정주에서 하숙을 경영.

1918년(7세) 오산소학교(五山小學校) 입학.

1924년(13세) 오산학교 입학. 백석과 동문인 임기황(任基況)과 김장 각(金長脚)의 회고에 의하면 같은 학교를 다닌 선배시인 김소월을 몹시 선망하였다고 함.

1929년(18세) 오산고보(오산학교의 바뀐 이름)를 졸업하고『조선일보』 후원 장학생 선발에 뽑혀 일본으로 유학. 도꾜의 아오야 마학원(靑山學院)에서 영문학을 공부함.

1934년(23세) 귀국 후 조선일보사에 입사하면서 서울생활 시작. 출 판부 일을 보면서 계열 잡지인『여성(女性)』지의 편집을 맡음.

1935년(24세) 8월 31일 시「정주성」을『조선일보』에 발표하면서 문 단에 나옴.

1936년(25세) 1월 20일 시집『사슴』을 선광(鮮光)인쇄주식회사에서 200부 한정판으로 상재. 1월 29일 서울 태서관(太西館) 에서 출판기념회를 가짐. 이때의 발기인은 안석영(安夕 影), 함대훈(咸大勳), 홍기문(洪起文), 김규택(金圭澤), 이원조(李源朝), 이갑섭(李甲燮), 문동표(文東彪), 김해 균(金海均), 신현중(愼弦重), 허준(許俊), 김기림(金起

林) 등 11인으로 되어 있음.

　이해『조선일보』기자를 그만두고 함경남도 함흥 영생
여고보(永生女高普)의 교원으로 전직. 이때의 생활소감
을 수필「가재미·나귀」에 발표함.

1938년(27세)　교원직을 사임하고 다시 서울로 옴.

1939년(28세)　『여성』지의 편집에 관계하다가 연말 만주의 신징(新京,
　　　　　　지금의 長春)으로 옮겨가서 '신경시(新京市) 동삼마로(東
　　　　　　三馬路) 시영주택(市營住宅) 35 황씨방(黃氏方)'에 거처
　　　　　　를 정함.

1940년(29세)　10월 초순 자신이 번역한 토마스 하디의 장편소설『테
　　　　　　스』의 출간을 앞두고 교정을 보러 잠시 서울에 다녀감.

1941년(30세)　생계 유지를 위해 측량보조원, 측량서기, 소작인생활
　　　　　　을 함.

1942년(31세)　만주의 안동(安東)에서 세관업무에 종사함.

1945년(34세)　일제의 패망과 더불어 귀국, 한때 신의주에서 거주하
　　　　　　다 고향 정주로 돌아옴.

1947년(36세)　시「적막강산」이 그의 벗 허준에 의해『신천지』지에
　　　　　　발표됨. 분단 이후 그의 문학적 성과와 활동이 한국문학
　　　　　　사에서 매몰됨.

1987년　　　『백석시전집』이 서울 창비사에서 간행됨.

白石 작품 연보

1. 시

발표연대	제 목	발 표 지	비 고
1935. 8. 31	定州城	朝鮮日報	시집 『사슴』 '국수당 넘어' 部에 재수록
1935. 11	山 地	朝光 1권 1호	시집 『사슴』에서는 「三防」으로 개작됨
〃	酒 幕	〃	『사슴』 '돌덜구의 물' 部에 재수록
〃	비	〃	『사슴』 '노루' 部에 재수록
〃	나와 지렝이	〃	'新博物誌' 기획에 발표됨
1935. 12	여우난곬族	朝光 1권 2호	『사슴』 '얼럭소새끼의 영각' 部에 재수록
〃	統 營	〃	『사슴』 '국수당 넘어' 部에 재수록
〃	힌 밥	〃	『사슴』 '돌덜구의 물' 部에 재수록
1936. 1	古 夜	朝光 2권 1호	『사슴』 '얼럭소새끼의 영각' 部에 재수록
〃	가즈랑집	시집 『사슴』	'얼럭소새끼의 영각' 部에 묶여짐
〃	고 방	〃	〃
〃	모닥불	〃	〃
〃	오리 망아지 토끼	〃	〃
〃	初多日	〃	'돌덜구의 물' 部에 묶여짐

발표연대	제 목	발 표 지	비 고
〃	夏畓	〃	〃
〃	寂境	〃	〃
〃	未明界	〃	〃
〃	城外	〃	〃
〃	秋日山朝	〃	〃
〃	曠原	〃	〃
〃	靑柿	〃	'노루'部에 묶여짐
〃	山비	〃	〃
〃	쓸쓸한 길	〃	〃
〃	柘榴	〃	〃
〃	머루밤	〃	〃
〃	女僧	〃	〃
〃	修羅	〃	〃
〃	노루	〃	〃
〃	절간의 소 이야기	〃	'국수당 넘어'部에 묶여짐
〃	오금덩이라는 곧	〃	〃
〃	柿崎의 바다	〃	〃
〃	彰義門外	〃	〃
〃	旌門村	〃	〃
〃	여우난곬	〃	〃
〃	三防	〃	〃
1936.1.23	統營	朝鮮日報	
1936.2	오리	朝光 2권 2호	
1936.3	연자ㅅ간	朝光 2권 3호	
〃	黃日	〃	'春郊七題' 기획에 '畵―崔禹錫 文―白石'으로 발표됨
〃	湯藥	詩와 小說 1호	
〃	伊豆國湊街道	〃	
1936.3.5	昌原道	朝鮮日報	연작시 '南行詩抄 1'로 발표됨

발표연대	제　　목	발　표　지	비　　　　고
1936. 3. 6	統　營	〃	'南行詩抄 2'
1936. 3. 7	固城街道	〃	'南行詩抄 3'
1936. 3. 8	三千浦	〃	'南行詩抄 4'
1937. 10	北　關	朝光 3권 10호	「咸州詩抄」란　제하에 연작시로 발표됨
〃	노　루	〃	〃
〃	古　寺	〃	〃
〃	膳友辭	〃	〃
〃	山　谷	〃	〃
〃	바　다	女性 2권 10호	
1938. 1	秋夜一景	三千里文學 1호	
1938. 3	山　宿	朝光 4권 3호	「山中吟」이란　제하에 연작시로 발표됨
〃	饗　樂	〃	〃
〃	夜　半	〃	〃
〃	白　樺	〃	〃
〃	나와 나타샤와 흰당나귀	女性 3권 3호	
1938. 4	夕　陽	三千里文學 2호	
〃	故　鄕	〃	
〃	絶　望	〃	
〃	외가집	現代朝鮮文學全集(1)	朝鮮日報出版部 刊
〃	개	〃	
〃	내가　생각하는 것은	女性 3권 4호	
1938. 5	내가 이렇게 외면하고	女性 3권 5호	
1938. 10	三　湖	朝光 4권 10호	「물닭의 소리」란 제하에 연작시로 발표됨
〃	物界里	〃	〃
〃	大山洞	〃	〃
〃	南　鄕	〃	〃

발표연대	제 목	발 표 지	비 고
〃	夜雨小懷	〃	〃
〃	꼴두기	〃	〃
〃	가무래기의 樂	女性 3권 10호	
〃	멧새 소리	〃	
1939. 4	넘언집 범 같은 노큰마니	文章 3호	
1939. 6	童尿賦	文章 5호	
1939. 9. 13	安 東	朝鮮日報	
1939. 10	咸南 道安	文章 10호	
1939. 11. 8	球場路	朝鮮日報	연작시 '西行詩抄 1' 로 발표됨
1939. 11. 9	北 新	〃	'西行詩抄 2'
1939. 11. 10	八 院	〃	'西行詩抄 3'
1939. 11. 11	月林장	〃	'西行詩抄 4'
1940. 2	木 具	文章 14호	
1940. 6	수박씨, 호박씨	人文評論 9호	
1940. 7	北方에서	文章 18호	
1940. 11	許 俊	文章 21호	
1941. 4	歸 農	朝光 7권 4호	
〃	국 수	文章 26호	
〃	흰 바람벽이 있어	〃	
〃	촌에서 온 아이	〃	
〃	澡塘에서	人文評論 16호	
〃	杜甫나 李白같이	〃	
1947. 11	山	새한민보 1권 14호	
1947. 12	적막강산	新天地 11·12 합병호	許俊이 광복 전부터 소장해온 시를 발표한다는 부기가 있음
1948. 5	마을은 맨천 구신이 돼서	新世代 3권 3호	〃
1948. 10	七月 백중	文章 속간호	〃
〃	南新義州 柳洞 朴時逢方	學風 창간호	

2. 산문, 번역

발표연대	제 목	발 표 지	비 고
1934. 5. 16 ~19	耳說 귀ㅅ고리	朝鮮日報	'趣味話題'로 실린 준번역체의 수필 (4회 연재)
1934. 5. 26	佛堂의 燈불― 타고-르의 「拾果集」에서	〃	번역문
1934. 6. 20 ~26	臨終 체홉의 六月(그 누이 매리에게 한 病中書簡)	〃	번역문(6회 연재)
1934. 8. 10 ~9. 12	죠이쓰와 愛蘭文學	〃	T. S. 밀스키의 글을 번역(8회 연재)
1935. 7. 6 ~20	마을의 遺話	朝鮮日報	단편소설(6회 연재)
1935. 8. 11 ~25	닭을 채인 이야기	〃	'小品'이라고 밝혔으나 단편소설에 가까움(7회 연재)
1935. 11	麻 浦	朝光 1권 1호	'自然의 殿堂 大京城 風光' 기획으로 실린 수필
1936. 2. 22	편 지	朝鮮日報	'社內社外 新春短文 리레―'란 기획으로 실린 서간형 수필
1936. 9. 2	가재미·나귀	〃	'나의 關心事' 기획으로 실린 컬럼형 수필
1938. 6. 7	東 海	東亞日報	'自然界와의 對話集' 기획으로 실린 컬럼형 수필
1939. 2. 14	立 春	朝鮮日報	'詩人散文' 기획으로 실린 컬럼형 수필
1940. 9	테 쓰	世界名作長篇小說全集(朝光社)	토마스 하디의 장편소설 번역

참고문헌

박아지, 「신춘시단 개평——백석씨작 '고야'」, 동아일보, 1936. 1. 18

김기림, 「'사슴'을 안고」, 조선일보, 1936. 1. 29

박용철, 「병자시단의 1년 성과」, 동아일보, 1936. 12

──── , 「백석시집 '사슴' 평」, 박용철전집 2, 동광당서점, 1940

오장환, 「백석론」, 풍림 5호, 풍림사, 1937. 4

안석영, 「조선문인 인상기」, 백광, 백광사, 1937. 6

윤곤강, 「코스모스의 결여」, 인문평론, 인문평론사, 1940. 1

──── , 시와 진실, 정음사, 1948

백 철, 조선신문학사조사 현대편, 백양당, 1949

현 수, 적치 6년의 북한문단, 중앙문화사, 1952

류종호, 한국의 페시미즘, 현대문학 통권 81호, 1961. 9

──── , 비순수의 선언, 신구문화사, 1962

김윤식·김현, 한국문학사, 민음사, 1973

김종철, 「30년대의 시인들」, 시와 역사적 상상력, 문학과지성사, 1978

류태수, 「1940년 전후의 시정신과 그 형상화」, 관악어문 4집, 서울대 국어국문학과, 1979

정한숙, 해방문단사, 고려대출판부, 1980

──── , 현대한국문학사, 고려대출판부, 1982

최두석, 「1930년대 시의 표현에 관한 고찰」, 서울대대학원 석사학위 논문, 1982

──── , 「백석의 시세계와 창작방법」, 우리 시대의 문학 6집, 문학과 지성사, 1987

김명인, 「백석시고」, 우보전병두박사회갑기념논문집, 1983

──── , 「1930년대 시의 구조연구」, 고려대대학원 박사학위논문, 1985

이숭원, 「30년대 후반기 시의 한 고찰」, 국어국문학 90호, 1983. 12
──── , 「풍속의 시화와 눌변의 미학──백석론」, 한국 시문학의 비
　　　평적 탐구, 삼지원, 1985
고형진, 「백석시 연구」, 고려대대학원 석사학위논문, 1983
박태일, 「1940년 전후 한국시에 나타난 공간인식의 문제」, 부산대대
　　　학원 석사학위논문, 1984
이동순, 「무너진 시대의 모국어와 공동체의식──백석시의 합일지향
　　　적 성격」, 백민전재호박사화갑기념국어학논총, 형설출판사,
　　　1985

낱말 풀이

ㄱ

가끼사끼(柿崎) : 일본의 어느 포구의 이름.

가느숙히 : 가느숙이. 가느스름하게.

가드러들다 : 가두라들다. 오그라들다. 점점 오그라져서 작아지다.

가드러치다 : 오그려 붙이다.

가무락조개 : 가무래기. 모시조개. 대합조개과에 딸린 바닷물조개.

가무래기 : 모시조개.

가얌 : 개암.

가재미선 : 가자미식혜.

가정거장 : 임시로 만든 정거장.

가제 : 막. 방금. 갓.

가즈랑집 : '가즈랑'은 고개이름. '가즈랑집'은 할머니의 택호를 뜻함.

가지취 : 참취나물. 식용 산나물의 한 가지.

갈강이 : 잉어새끼.

갈매나무 : 키가 2m 쯤 자라는 낙엽 활엽 교목. 경북·충남 이외의 우리나라 전역에 분포함.

갈부던 : 평안북도 지방에서 아이들이 조개를 가지고 놀며 만들어 놓던 장난감.

갑피기 : 이질 증세로 곱똥이 나오는 배앓이 병.

갓갓하다 : 물건의 종류가 갖가지로 많다.

갓사둔 : 새사돈.

갓신창 : 부서진 갓에서 나온, 말총으로 된 질긴 끈의 한 종류. 갓진창.

강에지조개 : 강아지조개. 바닷물조개의 한 종류.

개니빠디 : 개의 이빨.

개발코 : 너부죽하고 뭉퉁하게 생긴 코.

개방위 : 술방(戌方). 24방위의 하나. 신방(辛方)의 다음인데 서쪽에서 조금 북쪽에 가까운 방위.

개잠 : 개처럼 머리와 팔다리를 오그리고 옆으로 누워 자는 잠.

개장취념 : 각자가 얼마석의 비용을 내어 개장국을 끓여 먹는 놀이. 취념은 추렴[出斂]에서 온 말.

개지꽃 : 강아지풀. 혹은 메꽃.

개포 : 강이나 내에 바닷물이 드나드는 곳.

객주집 : 객주(客主) 영업을 하는 집.

갤족하다 : 갈쭉하다. 너비보다 길이가 좀 길다.

건반밥 : 건반(乾飯). 지에밥. 잔치때에 쓸 약밥, 인절미를 만들거나 술밑으로 쓰기 위하여, 찹쌀이나 멥쌀을 물에 불려서 시루에 찐 고두밥.

건시(乾柿) : 곶감.

검방지다 : 건방지다.

게루기 : 게로기. 모싯대. 초롱꽃과에 딸린 여러해살이풀. 산지에 절로 나며 어린잎과 뿌리는 식용함.

게사니 : 거위.

겡가도리 : 싸움닭의 일본말.

경편철도(輕便鐵道) : 기관차와 차량이 작고 궤도가 좁은 간단한 규모의 철도.

고꾸소우(國湊) : 일본 이즈반도에 위치한 지명.

고다 : 떠들다.

고당 : ① 고장. ② 고등.

고무 : 고모.

고방(庫房) : 세간이나 그밖의 온갖 잡동사니를 보관하는 장소.

고비 : 식용 산나물의 이름.

고조곤히 : 고요히.

고추무거리 : 고추를 빻아 체에 쳐서 가루를 빼고 남은 찌끼.

골갯논 : 골짜기의 논.

곱돌탕관 : 광택이 나는 곱돌을 깎아서 만든 약탕관.

곱새녕 : 용마름. 초가의 용마루나 토담 위를 덮는 짚으로, 지네 모양으로 엮은 이영.

곱새담 : 풀, 짚으로 엮어서 만든 담.

관공(關公) : 중국 삼국시대 촉한(蜀漢)의 무장(武將). 자는 운장(雲長). 하동 사람. 장비와 함께 유비와 형제를 맺고 유비를 도와 전공 치적이 현저하였음. 후세 사람들이 각처에 관왕묘(關王廟)를 세워 모심.

관모봉(冠帽峯) : 함경북도 경성군에 있는 산봉우리. 해발 1544m.

광대넘이 : 앞으로 온몸을 굴리며 노는 유희.

광살구 : 너무 익어 저절로 떨어지게 된 살구.

광지보 : 광주리 보자기.

피나리봇짐 : 보행으로 길을 갈 적에 보자기에 싸서 어깨에 메는 조그마한 짐.

교의(交椅) : 신위를 모시는 의자.

구덕살이 : 구더기.

구붓하다 : 몸을 조금 구부정하게 하다.

구새먹다 : 살아 있는 나무가 속이 썩어 저절로 구멍이 뚫리다.

구신간시렁 : 걸립(乞粒)귀신을 모셔놓은 시렁. 집집마다 대청 도리 위 한구석에 조그마한 널빤지로 선반을 매고 위하였음.

구신집 : 무당집.

구실 : 아이들이 당연히 겪지 않으면 안되는 홍역 따위를 이르는 말.

국수당 : 마을의 본향당신[부락 수호신]을 모신 집. 서낭당.

국수분틀 : 국수틀.

굴대장군 : 굴때장군. 키가 크고 몸이 남달리 굵은 사람. 살빛이 검거나 옷이 시커멓게 된 사람.

굴통 : 굴뚝.

귓불알 : 귓불.

그느슥하다 : 몸이 몹시 야위고 허약해 보이다.

그물그물 : 가물가물.

글치다 : 긁히다.

글탄하다 : 끌탕하다. 속을 태우며 걱정하다.

금귤 : 참새알처럼 생긴 작은 귤의 한 종류.

금덤판 : 금점(金店)판. 금광의 일터.

기드렁하다 : 아래로 늘어져 길쭉하다.

기르매 : 길마. 짐을 실으려고 소의 등에 얹는 안장.

기웃들이 : 비스듬히.

길동 : 저고리의 깃동.

길향작 : 길의 방향.

깃 : 각기 앞으로 돌아오는 몫. 자기가 차지할 물건.

까막까치 : 까마귀와 까치.

깸제미 : 꽹과리.

껑추렁하다 : 키 큰 사람이 짧은 치마를 입어서 유난히 다리가 길어 보이다.

꼬둘채댕기 : 가늘고 길게 만든 빳빳하게 꼬드러진 감촉의 댕기.

꾸냥 : 고랑(姑娘). 처녀를 뜻하는 중국말.

끼때 : 끼니때.

끼밀다 : 어떤 물건을 끼고 앉아 얼굴 가까이 들이밀고 자세히 보며 느끼다.

끼애리 : 짚으로 길게 묶어 동인 것. 꾸러미.

ㄴ

나물매 : 제법 맵시있게 이것저것 진설해놓은 제사나물.

나이금 : 나이테. 연륜.

나조반 : 나좃쟁반. 나좃대를 받치어 놓은 쟁반.

나좃대 : 갈대나 새나무를 한자쯤 잘라 묶어, 기름을 붓고 붉은 종이로 싸서 초처럼 불을 켜는 물건. 혼인의식 때에 신부 집에서 씀.

나주볕 : 저녁 햇살.

나좃손 : 저녁 무렵.

날기명석 : 벼, 조, 수수 등의 겉곡식을 볕이나 온돌의 열기로 널어 말릴 때 밑자리로 까는 명석.

남길동 : 남색의 저고리 깃동.

낫대들다 : 맞서서 달려 들듯이 곧장 앞으로 나아가다.

낮배 : 백석시 「개」에 나오는 이 말은 '낮때'의 오식인 듯. 한낮 무렵.

냅일날 : 납일(臘日). 한 해 동안 지은 농사 형편과 그밖의 일을 여러 신에게 고하며 제사지내는 날. 동지 뒤의 세째 술일(戌日). 태조 이후에는 동지 뒤 세째 미일(未日)로 하였음.

냅일눈 : 납일에 때 맞추어 내리는 눈.

냅일물 : 납일에 내리는 눈을 받아, 그것이 저절로 녹아서 생긴 눈석임물.

냇내 : 물건이 탈 때 일어나는 부옇고 매운 기운. 연기.

너슬너슬 : 너절너절. 굵고 긴, 부드러운 풀이나 털 따위가 성기고 어설픈 모양.

너울쪽 : 널빤지쪽.

넉줄 : 덩굴.

넘너른히 : 이리저리 제각기 흩어서 널브려뜨려 놓은 모습.

넘석하다 : 목을 길게 빼고 자꾸 넘겨다보다.

네날백이 : 세로줄을 네 가닥 날로 짠 짚신.

녀귀 : 여귀(厲鬼). 못된 돌림병에 죽은 사람의 귀신. 제사를 받지 못하는 귀신.

녕 : 이엉.

녕동: 영동(楹棟). 기둥과 서까래.

녚차개: 옆차개. 옆구리에 차도록 만들어진 주머니.

넷적본: 옛날 분위기. 고전풍.

노나리꾼: 소를 밀도살하는 사람.

노라리: 건달. 건들건들 세월을 보내는 짓.

노왕(老王): 라오왕. 왕씨. '노'는 중국어에서 사람의 성씨 앞에 붙여 친밀한 뜻을 나타내는 말.

노(盧)장에 영감: 노씨 성을 가진 장돌림 노인.

노적지(盧迪之): 평북 정주지방에서 살던 노씨 집안이 배출한 효자로, 조정에서 정문을 세워 표창까지 했다는 사람의 이름.

노큰마니: 노(老)할머니.

농다리: 농어과에 속하는 꺽지 비슷하게 생긴 민물고기.

농마루: 천장.

누굿이: 눅눅하게.

누굿한: 물건이나 성질이 메마르지 않고 여유있게 부드러운.

누더기꿍제기: 누더기 꾸러미.

누방(樓房): 다락방.

눈빨기: 눈싸움.

눈빨다: 쏘아보다. 노려보다.

눈세기물: 눈석임물. 눈이 속으로 녹아서 생긴 물.

눈숡: 눈시울. 눈의 언저리의 속눈썹이 난 곳.

늪: 늪.

늙으대기: 늙은이를 함부로 일컫는 말.

능달: 응달.

능당: 백석의 시 「가무래기의 낙」에 나오는 이 말은 능달(응달)의 오식인 듯.

니차떡: 이차떡. 인절미.

닌함박: 이남박. 쌀 같은 것을 일 때에 쓰는 함박. 안턱에 이가 서게 여러 줄로 돌려 판 나무그릇임.

닙쌀: 입쌀. 멥쌀.

ㄷ

다래나무: 다래과에 속하는 낙엽 만목(蔓木). 열매는 씨가 많고 맛이 달아 생으로 먹고, 줄기와 함께 약용함. 껍질과 가는 줄기는 노끈으로 대용하며 줄

기로는 지팡이를 만들기도 함.

다리 : 숱이 적은 여자들이 덧넣는, 꼭지를 맨 딴 머리털. **월자**(月子). **월이**(月伊).

닥채다 : 닥치다. 가까이 바짝 다다르다.

단기 : 댕기.

달가붙이다 : 작은 몸집으로 격에 맞지 않게 자꾸 까불다.

달궤 : 달구질. 달구로 집터나 땅을 단단히 다지는 일.

달은치 : 다랑치. 장방형에 운두가 높고 끈이 달린 바구니.

달재 : 달쩨. 달강어(達江魚). 쑥지과에 속하는 바닷물고기. 몸길이 30cm 가량으로 가늘고 길며, 머리가 모나고 가시가 많음.

닭이짗 올코 : 닭의 깃털을 붙여서 만든 올가미.

담모도리 : 담모서리.

당등 : 장등(長燈). 밤새도록 등불을 켜고 끄지 않음.

당세 : 당수. 곡식가루에 술을 쳐서 미음처럼 쑨 음식.

당조카 : 장조카. 큰조카.

당즈깨 : 당세기. 고리버들이나 대오리를 길고 둥글게 결은 작은 고리짝.

당(唐)**콩** : 강남콩.

당홍(唐紅)**치마** : 약간 자주빛을 띤 붉은 물감을 들인 치마.

대냥푼 : 큰 양푼.

대님오리 : 대님의 끈.

대대하다 : 데데하다. 별로 보잘것없다.

대멀머리 : 대머리.

대모체돋보기 : 대모갑(玳瑁甲) 즉 바다거북의 등껍데기로 테를 만든 안경.

대모풍잠(玳瑁風簪) : 대모갑으로 만든 풍잠.

대사집 : 혼인 따위의 큰일을 치르는 집.

댕추가루 : 당초가루. 고춧가루.

더벙수캐 : 털이 많이 있는 개의 수컷.

떨거기 : 떨께기. 늙은 장끼.

데석님 : 제석신(帝釋神). 무당이 받드는 가신제(家神祭)의 대상인 열두 신. 한 집안 사람들의 수명, 곡물, 의류, 화복 등에 관한 일을 맡아본다 함.

도고하니 : 도고하게. 짐짓 의젓하게.

도적개 : 주인 없는 떠돌이 개.

돌각담 : 돌담.

돌능와집 : 기와 대신 얇은 돌조각을 지붕으로 인 집.

돌덜구 : 돌절구.

돌물레 : 칼, 도끼, 가위 등의 무뎌진 날을 벼리게 만든 회전숫돌.

돌배 : 야생하는 산돌배나무의 열매.

돌체돋보기 : 석영(石英)유리로 테를 만든 안경.

돗바늘 : 썩 크고 굵은 바늘.

동둑 : 못에 쌓은 큰 둑. 동(垌)둑. 방죽.

동말랭이 : 산꼭대기.

동비탈 : 산비탈.

동세 : 동서(同婿).

돌벌기 : 돼지벌레. 잎벌레. 과수의 잎이나 배추, 무우 따위의 잎을 갉아먹는 해로운 벌레임.

된비 : 소나기.

두레방석 : 도래방석. 짚으로 엮어 짠 둥그스름한 방석.

두룽이 : 도롱이. 재래식 우장의 한 가지. 짚이나 띠 같은 풀로 안을 엮고 겉은 줄기를 드리워 끝이 너털너털함.

두수없이 : 오로지 한 가지 방도가 있을 뿐 달리 주선하거나 변통할 여지가 없이. 영락없이.

둑둑하다 : 두둑하다. 수두룩하다.

둔(屯) : 작은 마을을 일컫는 중국식 명칭.

둔덩 : 두덩. 우묵하게 빠진 땅의 가장자리 두두룩한 곳.

둥구재비다 : 둥구잡히다. 두멍잡히다. 다리를 꽁꽁 묶이어 물통처럼 들리다.

둥굴레우림 : 둥굴레풀의 어린 잎을 물에 담가 쓴 맛을 우려낸 것.

둥에 : '속곳'의 평북 방언.

뒝치 : 뒤엥치. 뒤웅박.

뒤솟다 : 까뒤집다. 눈꺼풀을 위로 치켜올리며 눈을 부릅뜨다.

뒤이다 : 뒤집다.

들망 : 후릿그물. 바다나 큰 강물에 넓게 둘러치고 여러 사람이 그 두 끝을 끌어당기어 물고기를 잡는 큰 그물.

들매나무 : 산딸나무. 층층나무과에 속하는 낙엽 활엽 교목. 정원수로 심고 열매는 식용함.

들믄들믄 : 곡식부대 따위가 웃목에 잔뜩 쌓인 시골 농가의 방에 군불을 과하게 넣었을 때, 한편으로 들쿠레한 냄새가 나면서도 정겹게 와닿는 따뜻한 느낌.

들쭉 : 들쭉. 들쭉나무의 열매. 진홍색으로 단맛과 신맛이 함께 느껴지며 그냥 먹거나 술을 담가 먹는다.

돌지고방 : 들문만 나 있는 고방. 즉 가을걷이나 세간 따위를 넣어두는 광.

디겁 하다 : 질겁하다.

디운구신 : 지운(地運) 귀신. 땅의 운수를 맡아본다는 민간의 속신.

디퍽디퍽 : 지벅지벅. 서투르게 휘청거리는 모양.

딜옹배기 : 아주 작은 자배기.

딥세기 : 짚신.

따디기 : 이른 봄 얼었던 흙이 풀리려고 할 무렵. 해토(解土) 무렵.

따배기 : 고운 짚신. 곱게 삼은 짚신.

땃불 : 땅불. 화톳불.

때글다 : 오래도록 땀과 때에 절다.

또요 : 도요새. 도요과에 속하는 새의 총칭. 강변의 습기 많은 곳에 살고 다리, 부리가 길며 꽁지가 짧음.

뜯개조박 : 뜯어진 헝겊조각.

뜸 : 띠, 부들 같은 풀로 거적처럼 엮어 만든 것으로 비가 올 때 물건을 덮거나 볕을 가리거나 바람을 막는 데 쓴다. '뜸새'는 뜸 사이.

띠쫗다 : 치쪼다. 뾰족한 부리로 위를 향해 잇따라 쳐서 찍다.

ㄹ

락단하다 : 백석시 「가무래기의 낙」의 이 말은 '락담(낙담)하다'의 오식인 듯.

로이도돋보기 : 로이드돋보기. 둥글고 굵은 셀룰로이드 테의 안경. 미국의 희극배우 로이드가 쓰고 영화에 나온 데서 유래된 말.

로장 : 노장(老長)중. 늙은 중을 높여 부르는 말.

ㅁ

마가리 : 오막살이.

마가슬 : 마가을. 막바지가을. 늦가을.

마누래 : 손님마마. 천연두.

마돝 : 말과 돼지.

마람 : 백석의 시 「허준」에 나오는 이 말은 '사람'의 오식인 듯.

마타리 : 마타리과의 다년초. 어린잎은 식용함.

막베등거리 : 거칠게 짠 베로 만든 덧저고리.

막써레기 : 거칠게 썬 엽연초.

막칼질 : 거칠게 마구 썰어대는 칼질.

맏웃간 : 가장 위쪽에 있는 방. 맨 윗방.

말꾼 : 마부.

말랭이 : 마루. 꼭대기.

말쿠지 : 벽에 옷 같은 것을 걸기 위해 박아놓은 큰 나무못.

매감탕 : 엿을 고아낸 솥을 가셔낸 물. 혹은 메주를 쑤어낸 솥에 남아 있는 진한 갈색의 물.

매생이 : 마상이. 거룻배.

매연지나다 : 매연(媒緣)이 지나가다. 즉 촌수가 멀어지다. 인연이 이미 다하다.

매지 : 망아지.

맨첨 : 이곳저곳 가릴 것 없이 모든 곳. 온 군데. 사방.

머리오리 : 머리카락.

먼바루 : 먼발치기. 조금 멀찍이 떨어져 있는 곳.

멍에 : 수레나 쟁기를 끌 수 있게 마소의 목에 가로 얹어놓는 둥그렇게 구부러진 막대.

멕이다 : 메이다. '고정되지 않고 움직이다'는 뜻의 평북 방언. 백석의 시 「국수」에서는 '쏘다니다'의 뜻으로 쓰임.

멘들미 : 멘두. 닭의 볏.

멧돌 : 멧돝. 멧돼지.

모두숨 : 한꺼번에 몰아쉬는 숨.

모래부리 : 모래톱.

모래장변 : 긴 모래톱.

모랭이 : 함지 모양의 작은 목기.

모롱고지 : 모롱이. 산모퉁이의 휘어 돌린 곳.

모작별 : 금성(金星). '모작별'은 초저녁 서쪽 하늘에 비칠 때의 이름. '개밥바라기'라고도 함. 새벽의 동쪽 하늘에 보이면 '샛별' '계명성'이라 함.

몽둥발이 : 몽동발이. 딸려 붙었던 것이 다 떨어지고 몸뚱이만 남은 물건.

무감자 : 고구마.

무겁 : 활터에서 살받이 과녁을 세우고 그 뒤에 흙으로 둘러싼 곳.

무리돌 : ① 무리(우박)처럼 한꺼번에 산중턱에서 굴려내리는 자갈돌. ② 짤막한 노끈으로 만든 무릿매로 빙빙 휘둘러 던지는 잔돌.

무새 : 무색. 물감을 들인 빛깔 혹은 그 천.

무연한 : 연기가 없는.

무이징게국 : 징거미〔민물새우〕에 무우를 숭덩숭덩 썰어 넣고 끓인 국.

무쭐하다 : 묵직하다.

문문 : 물러서 부드럽게 느껴지는 느낌.

문장(門長) : 한 문중에서 항렬과 나이가 제일 위인 사람.

문주 : 부침개.

물구지우림 : 물구지〔무릇〕의 알뿌리를 물에 담가 쓴맛을 우려낸 것.

물닭 : 비오리. 오리과에 딸린 물새. 쇠오리와 비슷한데 좀 크고 부리는 뾰죽
하며, 날개는 자주색이 많아 오색이 찬란함. 원앙처럼 암수가 함께 놀고,
주로 물가나 호숫가에서 물고기, 개구리, 곤충류 따위를 잡아먹음.

물선(物膳) : 음식을 만드는 재료.

물외 : '오이'를 '참외'에 대하여 구별해 이르는 말.

물지게꾼 : 물을 져 나르는 일꾼.

물총새 : 하천, 산개울, 연못가에서 서식하며 물 위 상공에 머물러 있다가 총
알처럼 날쌔게 물속으로 뛰어들어 물고기, 개구리, 새우, 곤충 등을 잡아먹
는 우리나라의 새.

물팩치기 : 물패기. 무릎.

믠 : 칙칙하게 물먹은 진흙.

ㅂ

바구지꽃 : 박꽃.

바리깨돌림 : 주발 뚜껑을 돌리며 노는 아동들의 유희.

박우물 : 바가지로 물을 뜨는 얕은 우물.

반디젓 : 밴댕이젓.

반봉 : 제물로 쓰는 생선 종류의 통칭.

발구 : 주로 물건을 실어 나르는 마소가 끄는 썰매.

발목재기 : 발모가지. 발을 상스럽게 일컫는 말.

밝다 : '바르다'의 방언형. 껍질을 벗겨 속에 들어 있는 알맹이를 집어내다.

밭최뚝 : 밭두둑.

배창 : 선창(船倉). 선박 안의 상갑판 아래에 있는 짐을 쌓는 간.

배채 : 배추.

배척하다 : 조금 배린 맛이나 냄새가 나는 듯하다.

백구둔(白狗屯) : 중국 남만주 지역의 어느 농촌 마을 이름.

백령조(百鈴鳥) : 백령조(白翎鳥). 몽고종다리. 참새보다 크고 다갈색 깃털에

백색 반점이 있음. 아주 높이 날고 갖가지 해충을 먹는 농사에 이로운 새.

백모봉(白帽峯) : 함남 갑산군과 풍산군 사이에 있는 산봉우리. 해발 1909m.

백복령(白茯苓) : 솔뿌리에 기생하는 복령에서 나오는 한약재. 땀과 오줌의 조절에 효험이 있고 담증, 부증, 습증, 설사 등에 쓰임.

백재일 치듯 : 백차일(白遮日) 치듯. 흰옷 입은 사람들이 많이 모인 모양을 이르는 말.

버들치 : 잉어과에 속하는 민물고기. 비늘이 비교적 크며, 몸빛은 등 쪽이 암갈색이고 배 쪽이 희끄무레함.

버선목 : 버선의 발목에 닿는 부분.

버치 : 자배기보다 조금 깊고 크게 만든 그릇.

벅작궁 : 법석대는 모양.

벌개늪 : 뻘건 빛깔의 이끼가 덮여 있는 오래된 늪.

벌배 : 산야에 저절로 나는 야생 들배나무의 열매.

벌불 : 들불.

베차다 : 벅차다.

벼랑탁 : 벼랑턱.

보득지근하다 : 조금 보드득거리는 듯하다.

보래구름 : 보랏빛 구름.

보십 : 보습. 쟁기나 극쟁이의 술바닥에 맞추는 삽 모양의 쇳조각.

보탕(補湯) : 몸을 보한다는 탕국.

보해 : 뽀보해. 뻔질나게 연달아 자주 드나드는 모양. 혹은 물건 같은 것을 쉴 사이 없이 분주하게 옮기며 드나드는 모양.

복 : 수리취, 땅버들 따위의 겉을 둘러싸고 있는 하얀 솜털.

복밥 : 제사지낸 뒤에 둘러앉아 먹는 음복밥.

복장노루 : 복작노루. 고라니. 사슴과에 딸린 짐승. 몸이 작으며 암수 다같이 뿔이 나지 않음. 송곳니가 길게 자라서 입 밖으로 나오며 이것으로 나무 뿌리를 캐먹음.

복족제비 : 복을 가져다 준다는 족제비.

본 : ① 고향. ② 모습 풍습.

봉구이 : 붕어구이.

뵈짜배기 : 베쪼가리. 천조각.

부승부승 : 부숭부숭. 잘 말라서 물기가 아주 없는 모양.

북덕불 : 짚북더기를 태운 불.

불기 : 부처의 공양미를 담는 그릇. 모양이 불발(佛鉢)과 같으나 불발은 사시

(巳時)에만 쓰고 불기는 아무때나 씀.

붕가집 : 친구네 집.

붕어곰 : 붕어를 오래 고아 끓인 곰국.

비난수 : 무당이나 소경이 귀신에게 비손하는 말과 행위.

비멀이하다 : 비머리하다. 비가 쏟아진 후로 온몸이 비에 흠뻑 젖다.

비얘고지 : 제비의 별칭. '지지배배'하는 의성(擬聲)에서 유래된 듯함.

비웃청어 : 청어를 식료품으로 이르는 말.

비파행(琵琶行) : 당나라 시인 백낙천이 지은 가행체(歌行體) 시. 인생의 영고 (榮枯)가 무상함을 읊은 노래로서 장한가(長恨歌)와 아울러 일컬어짐.

빠장하다 : 속셈을 빤히 꿰뚫어보다.

뽈다구 : 뺨의 한복판.

뽕뽕차 : 기동차(汽動車).

뿔사납다 : 뿔따구나다. 성이 나다.

삐루 : 맥주〔beer〕의 일본식 발음.

ㅅ

사기방등 : 흙으로 빚어서 구운 방에서 켜는 등.

사날 : 거리낌없이 저하고 싶은 대로만 하는 성미.

사물사물 : 눈앞에 무엇이 아른거리는 듯 눈이 부신 느낌.

산국 : 아기를 낳은 산모가 먹는 미역국.

산대 : 산대배기. 산꼭대기.

산득산득 : 갑자기 몸에 찬 느낌이나 마음에 놀라는 느낌을 받아 서늘해지는 모양.

산멍에 : 산뭉아. 이무기의 평안도 말.

살구벼락 : 머리 위로 여러 개의 살구가 한꺼번에 떨어지는 일.

살기 : 삵쾡이.

살품 : 옷과 가슴 사이의 빈틈.

삼굿 : 삼〔大麻〕을 벗기기 위하여 구덩이에 쪄내는 일. 구덩이를 파고 그 바닥에 솥을 걸기도 하지만, 솥 대신에 돌무더기를 달군 다음 그 위에 풀을 한 겹 깔고 삼단을 세우고 위에서 물을 부어 넣어, 그 뜨거운 증기가 삼 껍질을 익히게 함.

삿 : 갈대를 엮어서 만든 자리.

삿귀 : 삿자리의 가장자리.

삿방 : 삿자리를 깐 방.

상나들이옷 : 가장 좋은 나들이옷.

상사말 : 야생마. 거친 말.

새꾼 : 나무꾼.

새끼달은치 : 새끼다랑치. 새끼줄을 엮어서 만든 끈이 달린 바구니.

새라새 세상 : 새롭고 새로운 세상.

새판 : 새밭. 억새가 우거진 곳.

새하다 : 땔나무를 장만하다.

샛더미 : 빈터에 높다랗게 쌓아놓은 땔감더미. 혹은 퇴비로 쓰려고 베어다 놓은
풀더미.

샴하다 : 삼하다. 성질이 순하지 않고 사납다.

서리서리 : 노끈, 새끼 따위의 긴 물건을 서리어 놓은 모양.

석박디 : 섞박지. 김장할 때 절인 무우와 배추, 오이를 썰어 여러 가지 고명에
젓국을 조금 쳐서 익힌 김치.

석상디기 : 석섬지기.

선골 : 신선의 골격. 비범한 골상(骨相).

선장 : 이른 장.

성궁미 : 성미(誠米). 신불(神佛)에게 바치는 쌀.

성주 : 집을 지킨다는 신령.

섬구슬 : 높은 산의 골짜기나 등성이에 열려 있는 구슬댕댕이나무의 작은 열
매.

섬누에번디 : 섬누에(산누에)의 번데기.

섬벌 : 울타리 옆에 놓아 치는 벌통에서 꿀을 따 모으려고 분주히 드나드는 재
래종 꿀벌.

세괏은 : 매우 기세가 억세고 날카로운.

센개 : 털빛이 흰 개.

소 : 떡, 만두 등의 음식을 만들 때 맛을 내기 위하여 익히기 전에 그 속에 넣
는 것. 고기, 두부, 숙주나물, 팥, 대추, 밤 등을 넣음.

소라방등 : 소라의 껍질로 만들어 방에서 켜는 등잔.

소뿔등잔 : 속 파낸 쇠뿔을 거꾸로 세우고 거기에 기름을 담아서 켜는 등잔불.

소삼다 : 소(疏) 삼다. 성글게 엮거나 짜다.

소시랑 : 쇠스랑.

소의연 : 소의원. 소의 병을 침술로 낫게 해주던 사람.

소장 마장 : 우시장과 마시장.

손방아 : 디딜방아.

솔쐐기 : 송충이.

송구떡 : 송기(松肌)떡. 떡의 한 가지. 소나무의 속껍질을 잿물에 삶아 우려내
   어 멥쌀가루와 섞어서 절구에 찧은 다음, 익반죽하여 솥에 쪄내어 식기 전
   에 떡메로 쳐서 여러가지 모양의 떡을 만듦.

송침 : 솔가리. 말라서 땅에 떨어진 솔잎.

쇠드랑볕 : 쇠스랑볕. 쇠스랑 형태의 창살로 들어와 실내의 바닥에 비치는 햇
   살.

쇠든밤 : 말라서 새들새들해진 밤.

쇠리쇠리하다 : 눈부시다. 눈이 시다.

쇠매 : 쇠로된 메. 묵직한 쇠토막에 구멍을 뚫고 자루를 박음.

쇠조지 : 식용 산나물의 한 가지.

쇠주푀적삼 : 중국 소주(蘇州)에서 생산된 고급 베로 만든 적삼.

쇳스럽게 : 카랑카랑하게.

수리취 : 엉거시과에 속하는 다년초로 야산에 자생하며 어린잎은 식용함.

수무나무 : 스무나무. 느릅나무과에 속하는 낙엽 활엽 교목. 산기슭 양지 및
   개울가에 남.

수영 : 수양(收養). 데려다 기른 딸이나 아들.

수잠 : 선잠. 깊이 들지 아니한 잠.

숙변(熟苄) : 숙지황(熟地黃). 한약재의 한 가지.

숨 : 피룩이나 바느질감 형겊의 가장자리.

숨굴막질 : 숨바꼭질.

숨이 들다 : 두부를 만드는 과정에서 간수를 넣었을 때 곧 두부가 엉겨드는 현
   상을 이름.

숭가리(Sungari) : 송화강. 중국 만주에 있는 큰 강. 백두산 천지에서 발원하
   여 북으로 흘러 눈강(嫩江)과 합류하여 흑룡강으로 빠짐.

쉬영꽃 : 수영꽃. 마디풀과에 딸린 여러해살이풀. 5~6월에 녹색 또는 담홍색
   꽃이 들이나 길가에 핌. 어린 잎과 줄기는 식용함.

시라리타래 : 시래기를 길게 엮은 타래.

시악(恃惡) : 마음속에서 공연히 생기는 심술.

시울다 : 환하게 눈이 부시다.

시펄하니 : 시퍼렇게. 위풍이나 권세가 당당하게.

신뚝 : 방이나 마루 앞에 신발을 올리도록 놓아둔 돌.

신미두 : 신미도(身彌島). 평안북도 남서해에 위치한 섬.

신영길 : 혼례식에 참석할 새신랑을 모시러 가는 행차.

신장님 단련 : 귀신에게서 받는다는 시달림.

싸개동당 : 오줌이 마려워 몹시 급하게 서두르며 발을 동동 구르는 일.

싸리갱이 : 싸리나무의 마른 줄기.

싸리신 : 싸릿대를 얼기설기 엮어서 발에 신도록 만든 물건.

싸물싸물하다 : 눈시울이 아릴 정도로 눈부시다.

싹다 : 삭다. 흥분되거나 긴장된 마음이 풀려 가라앉다.

쌈방이 : 싸움하는 시늉으로 상대방을 메어 거꾸로 방이는 유희.

쌈지거리 : 짐짓 싸우는 시늉을 하면서 흥겨워하는 것.

썩심하니 : 목이 쉰 소리를 내는.

쏠론(Solon) : 남방 퉁구스족의 일파. 아무르강의 남방에 분포함. 색륜(索倫).

쑥국화 : 엉거시과에 딸린 여러해살이풀. 유럽 원산으로 평북과 함북에 야생함.

씨굴씨굴 : 시끌시끌. 요란한 소리로 떠드는 모양.

ㅇ

아개미 : 아가미젓. 명태의 아가미로 담근 젓갈의 한 종류.

아궁지 : 아궁이.

아래웃방성 : 방성(榜聲). 방군이 방[알리는 말]을 전하려고 아래윗마을로 다니면서 크게 외치는 소리.

아르간 : 아랫방.

아르굴 : 아랫목.

아르대즘퍼리 : '아래쪽에 있는 진창으로 된 펄'이라는 뜻의 평안도식 지명.

아룻동리 : 아랫동네.

아무우르(Amur) : 흑룡강 주변의 지역.

아배 : 아버지.

아즈내 : 아진에. 초저녁.

아즈맹이 : 아주머니.

안간 : 안방.

안달뱅이 : 걸핏하면 안달하는 사람. 소견머리 좁은 사람.

안장코 : 안장 모양으로 콧등이 잘록하게 생긴 코.

앙괭이 : 앙꽹이. 얼굴에 먹이나 검정 따위를 함부로 칠해 놓은 것.

앙궁 : 아궁이.

애동 : 아동. 아이.

애원성(哀怨聲) : 함경도 지방의 민요로, 그 가락이 매우 구슬픈 느낌을 줌.

야기 : 어린아이들이 억지를 쓰고 마구 떼쓰는 짓.

양금(洋琴) : 우리나라와 중국에서 쓰던 속악기. 사다리꼴의 넓적한 오동나무 통 위에 56개의 현(弦)을 얹어 대나무로 만든 채로 침.

양자(楊子) : 양주(楊朱)를 말함. 중국 전국시대의 사상가. 노자의 무위독선설 (無爲獨善說)을 따라서 쾌락적 인생관을 세우고 극단적인 개인주의를 주장 했음. 가(家), 일족을 중심한 그의 설은 이기주의라 하여 맹자가 맹렬히 비 난했음.

양지귀 : 햇살 바른 가장자리.

어느메 : 어느 곳.

어득시근하다 : 채광이 잘 안 되어 어두컴컴하다. 비밀스럽게 여겨지다.

어치 : 까마귀과에 속하는 새. 숲속 나무 위에 살고 땅에 내리는 일이 드물며, 소리가 곱고 다른 새들의 소리를 잘 흉내내어 관상용으로도 기름.

억병 : 술 등을 한없이 마시는 모양. 매우 많이.

얼럭궁뗠럭궁 : 얼룩덜룩. 여러가지 빛깔의 무늬나 얼룩 따위가 고르지 않게 밴 모양.

얼럭소새끼 : 얼룩송아지.

얼혼 나다 : 넋을 놓다. 제정신을 잃고 멍한 상태가 되다.

엄신 : 엄짚신. 상제가 초상때부터 졸곡(卒哭) 때까지 신는 짚신.

엄지 : 짐승의 어미.

엇송아지 : 아직 큰 소가 되지 못한 송아지.

여름 : 열매.

여우난골족(族) : 여우난골 부근에 살고 있는 일가친척들.

연소탕(燕巢湯) : 제비집으로 끓인 중국요리의 한 가지로서 연와갱(燕窩羹)이 라고도 함.

연자당구신 : 연자간을 맡아 다스린다는 신.

열두데석님 : 열두 제석(帝釋). 무당이 섬기는 가신제(家神祭)의 여러 신들.

열배 : 아직 채 다 익지 아니한 풋배.

염체사니 : 염치머리. 염치.

엿궤 : 엿을 담도록 만든 장방형의 널판상자.

엿방 : 엿을 만들어 파는 집. 엿도가.

영각 : 암소를 찾는 황소의 울음소리.

예대가리밭 : 산의 맨 꼭대기에 있는 오래된 비탈밭.

오가리: 박이나 호박의 살을 길게 오려 말린 것.

오구작작: 어린 아이들이 떠드는 모양.

오금덩이: 오금. 무릎의 구부리는 안쪽. 백석의 시에 나오는 '오금덩이'는 토속 지명임.

오독도기: 화약을 재어 점화하면 터지는 소리를 자꾸 내면서 불꽃과 함께 멀어지게 만든 것.

오두미: 오두미도(五斗米道). 중국 민간종교의 하나. 후한말에 노자로부터 부수주법(符水呪法)을 받았다고 하는 장릉(張陵)에 의하여 사천지방에서 시작된 요병(療病)을 중심으로 하는 교법. 요병의 보수로 쌀 다섯 말을 거둔 데서 이렇게 일컬었음. 천사도(天師道).

오력: 오금. 무릎의 구부리는 안쪽.

오로촌: 오로촌(Orochon)족. 레나강의 동쪽 지류 올레크마 하안의 흥안령 북부 소(小)흥안령에 사는 북퉁구스계의 한 종족.

오리치: 평북 지방의 토속적인 사냥용구로서 동그란 갈고리 모양으로 된 야생 오리를 잡는 도구.

오마니: 어머니.

오쟁이: 짚으로 작게 엮어 만든 섬.

올밥: 아침밥.

올코: 올가미.

옹패기: 옹자배기. 아주 작은 자배기.

왕구새자리: 왕골자리. 왕골기직. 왕골의 껍질이나 부들 잎을 짜서 엮은 돗자리. 눈이 굵고 겉으로 드러나 날이 드물게 박임.

외얏맹건: 오얏망건. 망건을 잘 눌러쓴 품이 오얏꽃같이 단정하게 보인다는 데서 온 말.

용두리: 용소(龍沼). 폭포가 떨어지는 바로 밑에 물받이로 되어 있는 깊은 웅덩이.

우두머니: 우두커니.

우두머리가지: 우듬지. 나무의 맨 꼭대기의 줄기와 가지.

우을거리다: 우글거리다.

욱실욱실: 득시글득시글. 많은 사람이 떼를 지어 무질서하게 들끓는 모습.

욱적하니: 여럿이 한곳에 모여 북적거리는 모양.

울력: 여러 사람이 힘을 합하여 하거나 이루는 일.

울력성당: 위력성당(威力成黨). 떼를 지어서 으르고 협박하는 일.

울파주: 울바자. 대, 수수깡, 갈대 따위를 엮거나 결어서 만든 바자 울타리.

욷다 : 운다. '울은다'가 준 형태. 평안도 말의 구어체적 효과를 강조하고 시어의 운율감각을 높이기 위하여 백석의 시에서 독특하게 나타낸 표기법.

웃동 : 웃도리.

원소(元宵) : 중국의 명절로서 음력 정월 보름날. 백석의 시에서는 원소절에 먹는 떡의 의미로 쓰임.

유종 : 놋그릇으로 만든 종발.

육미탕 : 숙지황, 산약, 산수유, 백복령, 목단피, 택사의 여섯 가지 약재로 짓는 가장 흔히 쓰이는 보약. 지황탕과 같음. 백석의 시 「탕약」에 나오는 육미탕에는 산수유 대신에 삼이 들어가 있음.

육보름 : 음력으로 매월 열엿샛날. 십육야(十六夜). 또는 그날 밤의 달. 기망(旣望) 혹은 생백(生魄)이라고도 함.

으등등하다 : 기세 등등하다.

은댕이 : 언저리.

음산 : 음산산맥(陰山山脈) 부근의 지역.

이스라치 : 이스랏. 앵두.

이즈(伊豆) : 일본 시즈오까(靜岡)현 동부의 반도.

이즈막하야 : 밤이 꽤 깊어서. 이슥한 시간이 되어서.

인간 : 식구, 가족을 평북지방에서 범칭하는 말.

인두불 : 인두를 달구려고 피워놓은 화롯불.

임금(林檎) : 능금.

임내 내다 : 흉내 내다.

ㅈ

자개들 : 작은 돌들이 깔려 있는 들판.

자개밭둑 : 자갈밭둑.

자개짚세기 : 작고 예쁜 조개껍데기들을 주워 짚신에 그득히 담아둔 것.

자구나무 : 자귀나무. 함수초과에 속하는 낙엽 활엽의 작은 교목. 밤에는 잎이 오므라듦.

자류(柘榴) : 석류(石榴).

자박수염 : 다박나룻. 다보록하게 함부로 난 수염.

자반 : 생선을 소금에 절인 반찬.

자배기 : 둥글넓적하고 아가리가 쩍 벌어진 질그릇.

자벌기 : 자벌레.

자즌닭 : 자주자주 우는 새벽닭.

자채기 : 재채기.

작간(作奸) : 간악한 짓을 함. 또는 그러한 짓..

작갈작갈 : 재깔재깔. 조금 떠들썩하게 이야기하는 모양.

작시밋대 : 지팡이. 막대기.

작은마누래 : 작은마마. 수두(水痘) 또는 홍역.

잘망하니 : 잘박하게. 얕은 물이나 진창을 밟거나 치는 소리가 나는 모양.

잠방둥에 : 잠방이로 된 속곳. 농민들이 여름철에 흔히 입는 옷.

잠풍날씨 : 바람이 잔잔하게 부는 날씨.

잠풍하다 : 잔풍(殘風)하다. 잔잔한 바람이 살랑살랑 부는 듯하다.

장고기 : 잔고기. 피라미, 송사리 등 몸피가 작은 고기.

장글장글하다 : 몸을 간지르는 듯 햇살이 따뜻하다.

장롱이 : 장날이 되어 장터에 사람들이 와글와글 모여 붐비는 것.

장반시계 : 쟁반같이 생긴 둥근 시계.

장털 : 수탉의 꼬리털.

장풍(長風) : 멀리서 불어오는 바람. 혹은 멀리까지 불어가는 강한 바람.

재당 : 재종(再從). 육촌.

재밤중 : 한밤중.

재통 : 측간. 변소.

잿다리 : 재래식 변소에 걸쳐놓은 두 개의 나무.

쟁변 : 강변. 물가.

점직하다 : 미안하고 부끄러운 느낌이 있다.

정문(旌門) : 충신, 효자, 열녀 등을 표창하고자 그의 집 문앞에 세우던 붉은
문.

정주(定州) : 평안북도 정주군의 군청 소재지. 경의선의 요역으로 평북선의 분
기점이며 교통상의 요지임. 부근 평야 지대에서는 토탄이 나며, 배후 산지
에서는 금이 많이 남. 동쪽 10km 지점의 남청정(臘淸亭)은 유기의 생산지
로 유명함. 이승훈이 세운 오산학교가 이곳에 있었음.

제물배 : 제물(祭物)로 쓰는 배.

제비꼬리 : 식용 산나물의 한 가지.

제비손이구손이 : 다리를 마주 끼고 손으로 다리를 차례로 세며, '한알때 두알
때 상사네 네비 오드득 쁘드득 제비손이 구손이 종제비 빠땅'이라 부르는 유희.

제주병 : 제사 때에 쓰는 술병.

조마구 : 옛 설화 속에 나오는 키가 매우 작다는 난장이.

조무거리 : 조와 잡곡 싸라기들을 함께 섞어놓은 모이 부스러기.

조아질 : 조악(造惡)질. 부질없이 이것저것 집적거려 해찰을 부리는 일. 평안도
　　에서는 아이들의 공기놀이를 이렇게 부르기도 함.

조앙님 : 조왕(竈王)님. 부엌을 맡은 신. 부엌에 있으며 모든 길흉을 판단함.

좀말 : 재래종 말. '좀'은 원래는 '소형(小形)'이라는 뜻이었으나 가축에 외래
　　종이 도입되면서 재래종, 토종이라는 뜻으로 바뀜.

종대 : 꽃이나 나무의 한가운데서 올라오는 줄기.

종아지물본 : 백석의 시 「넌언집 범 같은 노큰마니」에 나오는 이 말은 문맥상
　　으로 볼 때 '세상물정'이란 뜻의 한자말로 추측됨.

쥔두기송편 : 진드기 모양처럼 작고 동그랗게 빚은 송편.

주론히 : 주루니. 어떤 물건이 줄지어 즐비하게.

주먹다시 : 주먹을 거칠게 일컫는 말. 주먹을 힘의 도구로 일컫는 말.

중리(中里) : 함경남도 함흥군 함흥면 중리. 함흥군의 여러 지역에 같은 지명이
　　보이나, 백석은 함흥면 중리에 거주했던 것으로 추측됨.

쥐밀다 : 손아귀에 꽉 움켜쥐다.

즘생 : 짐승.

즐게 : 반찬.

즘부러지다 : 짓눌리다. 작은 키로 내려앉다.

즛 : 짓. 행동.

지게굳게 : 타일러도 듣지 않고 고집스럽게.

지나(支那) : 중국. '진(秦)'이 와전된 말.

지르트다 : ① 망건 등을 쓸 때 뒤통수 쪽을 세게 눌러서 망건 편자를 졸라매
　　다. ② 지르감다. 눈을 찌그려 힘껏 감다.

지붕말랭이 : 지붕 꼭대기.

지중거리다 : 지정거리다. 곧장 나아가지 않고 한자리에서 지체하다.

지짐 : 지짐이. 기름에 부쳐 만든 음식을 통틀어 이르는 말.

지처귀 : 지치. 깃. 새의 날개에 달린 깃털.

진상항아리 : 허름하고 보잘것없는 항아리.

진장(陳醬) : 진간장. 오래 묵어서 진하게 된 간장.

진진초록 : 매우 진한 초록빛깔.

진할머니 : 아버지의 외할머니.

진할아버지 : 아버지의 외할아버지.

질동이 : 질로 만든 동이.

질병코 : 거칠고 투박한 오지병처럼 생긴 코.

집난이 : 출가할 딸.

집등석이 : 짚등석. 짚이나 칡덩굴로 짜서 만든 자리.

집살이 : 급한 일에 쫓기지 않고 집에서 편안히 쉴 수 있는 생활.

집오래 : 집의 울 안팎.

짓, 짖 : 깃.

짝새 : 뱁새. 박새과에 딸린 작은 새.

짝패 : 짝을 이룬 패. 단짝.

쨋쨋하니 : 아주 선명하게.

쩨뜻하니 : 환하게.

쫄딸이 : 작고 못생긴 짐승이나 사람.

찔광나무 : 목서과에 속하는 늘푸른큰키나무. 잎은 달걀 모양 또는 버들잎 모
양으로 톱니가 있고 질김.

ㅊ

차떡 : 인절미.

차랍 : 찰밥.

찰복숭아 : 복숭아의 한 가지. 살이 씨에 꼭 붙고 겉에 털이 없음.

참대창 : 참대나무의 가지를 뾰족하게 깎아서 만든 창.

참월(僭越)하다 : 하는 짓이 분수에 지나치다.

창파즈 : 장패자(長褂子). 중국식 긴 저고리.

창애 : 짐승을 꿰어 잡는 틀의 한 가지.

채매 : 채마밭.

천두 : 천도복숭아.

천상수(天上水) : 빗물.

천진푀치마 : 중국 천진에서 생산된 고급 베로 만든 치마.

천희(千姬) : 백석의 시에 나오는 이 이름은 실제 인물의 이름일 수도 있지만
처녀[체니, 체녀, 체나]의 음감(音感)을 나타내는 것으로도 볼 수 있음.

청눙 : 청랭(淸冷). 시원한 곳.

청대나무말 : 잎이 달린 아직 푸른 대나무를 어린이들이 말이라 하여 가랑이에
넣어서 끌고 다니며 노는 죽마(竹馬).

청밀 : 꿀.

청배 : 청배나무의 열매.

청삿자리 : 푸른 왕골로 짠 삿자리.

청포채 : 녹두로 만든 청포묵을 채로 썰어서 무친 음식.

최방등 제사 : 평북 정주 지방의 토속적인 제사 풍속으로 차손(次孫)이 맡아서 모시게 되는 5대째부터의 제사.

출출이 : 뱁새.

출출하다 : 배가 약간 고픈 느낌이 있다.

춤 : 침. 타액.

충왕묘 : 충왕(蟲王)을 모신다는 사당. 농사에 막심한 피해를 주는 해충으로부터의 피해를 줄이려는 심정으로 중국의 농민들은 충왕묘에 제사하였음.

츠다 : 치다.

치코 : 키에 얽어맨 새잡이 그물의 촘촘한 코.

칠성고기 : 칠성장어. 다묵장어과에 속하는 물고기. 몸길이 65cm 내외로 뱀장어와 비슷하나 머리가 몹시 뾰족하고 몸빛은 흑청색이며 배 쪽은 흼.

ㅋ

큰마누래 : 큰마마. 손님마마. 천연두.

큰마니 : 할머니의 평안도 말.

킬로미터(粁) : km의 뜻을 나타내는 일본식 한자.

ㅌ

택사(澤瀉) : 택사과에 속하는 다년초로서 한약재로 씀.

탱(幀) : 탱화. 벽에 걸도록 그린 불상(佛像) 그림.

터알 : 텃밭. 집의 울안에 있는 밭.

턴정 : 천정.

털능구신 : 철륜대감(鐵輪大監). 대추나무에 있다는 귀신.

텅납새 : 턴납새. 처마의 안쪽 지붕이 도리에 얹힌 부분. 부고장 같은 것이 오면 방안에 들이기를 꺼려 이곳에 끼워놓는 풍속이 있었음.

토리개 : 씨아. 목화의 씨를 빼는 기구.

토방돌 : 집채의 낙수 고랑 안쪽으로 돌려가며 놓은 돌. 섬돌.

토시 : 투수(套袖)에서 온 말. 팔뚝에 끼는 방한 제구로 저고리 소매 비슷이 생겼으며 한 끝은 좁고 다른 한 끝은 넓게 되었음. 토수(吐手)로도 적음.

토신묘 : 흙을 맡아 다스린다는 토신을 모신 당집.

토끼잠 : 깊이 들지 못하고 잠깐 눈을 붙이는 잠.

튀각 : 튀긴 다시마.

튀겁 : 겁(怯).

튀튀새 : 티티새. 지빠귀. 개똥지빠귀. 10∼11월에 떼를 지어 도래하여 겨울에
는 낮은 산, 평지, 밭, 풀밭 등에서 살며 다른 새의 울음소리를 흉내냄.

ㅍ

판데목 : 경상남도 충무시 앞바다의 충무 운하가 뚫린 어름의 수로. 임진왜란
때에 패잔 왜수군이 이곳의 육지를 파고 물길을 틔워서 배를 몰아 도주한
데서 붙여진 이름. 한자 이름으로는 착량(鑿梁)이라고 함.

팔모알상 : 테두리가 팔각으로 만들어진 개다리소반.

팟팟하다 : 팍팍하다. 힘이 없고 다리가 무겁게 느껴지다.

팥을 깔이며 : 햇볕에 말리려고 멍석 위에 널어둔 팥을 고무래로 이리저리 쓸
어 모으거나 펴는 것을 말하며, 백석의 시에서는 이를 오줌 누는 소리에 비
유함.

평메 : 바닷물고기의 한 가지.

포족족하니 : 빛깔이 고르거나 깨끗하지 않고 칙칙하게 파르스름한 기운이 도
는.

풍구재 : 풍구. 곡물로부터 쭉정이, 겨, 먼지 등을 제거하는 농구.

풍잠(風簪) : 망건의 당 앞쪽에 꾸미는 물건. 쇠뿔, 대모(玳瑁), 금패 같은 것
으로 만듦. 갓모자가 걸리어 뒤쪽으로 넘어가지 못하도록 함.

피성한 : 피가 성(盛)한. 피멍이 심하게 든.

ㅎ

하누바람 : 하늬바람. 농가나 어촌에서 북풍을 이르는 말. 강원도에서는 서풍
을 이르기도 함.

하늑이다 : 하느적거리다. 가늘고 길고 부드러운 나뭇가지 같은 것이 계속하여
가볍고 경쾌하게 흔들리는 모양.

하탁 : 아래턱.

하펌 : 하품.

학실 : 학슬(鶴膝)안경. 다리의 가운데를 접었다 폈다 할 수 있게 만든 안경.

한겻 : 하루의 4분의 1인 시간. 곧 여섯 시간.

한끝나게 · 한껏 할 수 있는 데까지.

한잠 : 한창 깊이 든 잠.

한증 : 서늘하고 추운 노천 움막.

함곡관(函谷關) : 중국 하남성 서북에 있으며 위수 분지로부터 동쪽의 중원평야에 통하는 요지.

함소주 : 상자째 갖다 두고 마시는 소주.

합문(闔門) : 제사 때에 유식(侑食)하는 차례에서 문을 닫거나 병풍으로 가리어 막는 일.

함약 : 악을 쓰며 대드는 것.

해정하다 : 깨끗하고 맑다.

햇귀 : 햇발. 해가 처음 솟을 때의 빛.

햇칡방석 : 햇칡방석. 그 해에 새로 나온 칡덩굴을 엮어서 만든 방석.

향작 : 향(向).

호궁(胡弓) : 중국 전통 현악기의 한 가지. 모양은 바이얼린과 비슷하며, 대나무로 만들어 뱀껍질을 입혔음.

호끈히 : '후끈히'의 작은 말. 뜨거운 기운을 받아서 차츰 달아오르는 모양.

호루기 : 죽거미와 비슷하게 생긴 해산물. 경남 충무에서는 이것으로 담근 젓갈이 유명함.

호리낭창 : 몸피가 가늘고 가볍게 휘늘어진 모양.

호박떼기 : 말타기와 비슷한 어린이들의 유희.

호줄근하니 : 물기에 촉촉히 젖어 몸이 후줄근하게 되어.

호호히 : 끝없이 넓고 아득하게.

홍게닭 : 새벽닭.

홍공단단기 : 붉은 공단천으로 만든 댕기.

홍녀(洪女), 홍동이 : 평북지방에서 아이들을 지칭할 때 쓰던 애칭으로, 아버지가 홍씨일 경우 아들아이는 '홍동이' 딸아이는 '홍녀'라고 부른다. '李女' '承女'도 마찬가지로 쓰이는 말이다.

화디 : 등경(燈檠). 등경걸이. 나무나 놋쇠 같은 것으로 촛대 비슷하게 만든 등잔을 얹어놓는 기구.

화라지 : 옆으로 길게 뻗어나간 나뭇가지를 땔나무로 이르는 말.

화라지송침 : 소나무 옆가지를 쪄서 칡덩굴이나 새끼줄로 묶어 땔감으로 장만한 다발.

화리서리 : 마음 놓고 네활개를 휘저으며 걸어가는 모습.

환(丸) : 선박 등의 이름 뒤에 붙는 일본어의 접미어. 음은 '마루'. ~호(號).

황화장사 : 황아장수. 온갖 잡살뱅이의 물건을 지고 집집이 찾아다니며 파는 사

닭.

홰 : 새장이나 닭장 속에 새나 닭이 앉도록 가로지른 나무 막대.

홰낭닭 : 홰에 올라앉은 닭.

홰줏하니 : 어둑어둑한 가운데서 호젓한 느낌이 드는.

횟대 : 옷을 걸 수 있게 만든 제구. 간짓대를 잘라 두 끝에 끈을 매어 방안에 달아매어 둠.

회국수 : 고추장에 무친 생선회를 얹어 먹는 비빔국수.

회순 : 식용 산나물의 한 가지.

후치 : 훌칭이. 극쟁이. 쟁기와 비슷하나 보습 끝이 무디고 술이 곧게 내려감. 쟁기로 갈아놓은 논밭에 골을 타거나 흙이 얕은 논밭을 가는 데 씀.

흙꽃 : 흙먼지.

흠향(歆饗) : 제사때에 신명(神明)이 제물을 받아서 먹는 것.

흥안령(興安嶺) : 중국 동북지방의 대흥안령과 소흥안령을 아울러 일컬음. 서쪽을 북동 방향으로 달리는 연장 1200km의 대흥안령 산계와 북부에서 남동 방향으로 옮겨 흑룡강을 따라 달리는 연장 400km의 소흥안령 산계로 나뉨.

히근하니 : 희뿌옇게.

히스무레하다 : 희끄무레하다.

백석 시전집

초판 1쇄 발행/1987년 11월 11일
초판 38쇄 발행/2025년 2월 10일

지은이/백석
엮은이/이동순
펴낸이/염종선
펴낸곳/(주)창비
등록/1986년 8월 5일 제85호
주소/10881 경기도 파주시 회동길 184
전화/031-955-3333
팩시밀리/영업 031-955-3399 편집 031-955-3400
홈페이지/www.changbi.com
전자우편/lit@changbi.com

ISBN 978-89-364-6011-2 03810